センチネルバース　水底の虹

Rika Anzai
安西リカ

CHOCOLAT BUNKO

JN151453

ILLUSTRATION 松基羊

C O N T E N T S

1

焦げ臭いにおいがして、現場にはまだ薄く煙が残留していた。

田頭町《たがしらちょう》団地内東方向より出火の通報あり、と巡回中に至急報を受けて到着したとき、もう倉庫は近所の住民による消火活動で鎮火していた。

「怪我《けが》人はいませんか」

「通報してくださったかたは」

パトカーを路肩に停めて先輩巡査と慌ただしく近寄ると、吉積佑《よしづみたすく》は素早くコンクリート倉庫の周囲に目をやった。付近は雑草が生《お》い茂《しげ》り、戸口のあたりだけが黒く煤《すす》けている。

「お巡りさんきた！」

八時を回ってすっかりあたりは暗くなっていたが、団地の住民が数人集まっており、パトカーの到着に子どもが興奮して駆け寄ってきた。

「ほら危ないから近寄らないで」

身体がやたらと大きく、どちらかというといかつい外見をしていると自分では思っているのに、吉積はなぜか昔から小さな子どもに懐かれがちだった。おまわりさんだぁ、とまとわりついてくる子どもを危ないよ、と適当にいなしつつ、吉積はざっと周囲を見回した。

初めての火災通報に気を引き締めていたが、どう見てもすでに火は消し止められており、住民たちも通報は大げさだったか、という顔つきをしている。

「失火ですかね」

「たぶんな」

先輩巡査と短くやりとりし、吉積はほっと息をついた。

ふだんは万事に大ざっぱな性格だが「火災」という言葉には少々敏感になる。

田頭町団地は八棟からなる大規模公団だが、駅から遠く老朽化が進んでいることもあって昨今住民は激減していた。空き家が目立つにしたがって迷惑行為や不審者情報での通報も増えている。もしや放火か、と頭を過《よぎ》ったのは吉積だけではないはずだ。

見たところ燃えたのはコンクリート倉庫の戸口脇に放置してあったダンボールのようだ。火も小さかったことから消防ではなく警察に通報した、と消火活動にあたった住民から報告を受けたが、それも放火が頭にあっての判断だろう。至急報でも同様の説明があり、消防への連携は一時保留になっていた。

「吉積、一応消防に連絡入れといてくれ」

「わかりました」

先輩巡査の志摩《しま》に指示されて、吉積はパトカーに駆け戻った。

警察学校の初任補修科を終えて三ヵ月、無線会話もスムーズにこなせるようになった。

まだ大きな事件事故には遭遇したことがないが、商店街のひったくりとリサイクルショップの窃盗犯追尾に成功して、志摩には「おまえ警官に向いてるかもな」と感心された。引きが強い、とも言われた。

「なぜかやたらと事件現場に居合わせて手柄を立てて出世する、ってやつがいるんだよ。おまえ将来偉くなるかもだから今のうちにおもねっておくことにするわ」というノリの先輩の下についていること自体、かなり引きが強いと言える。ちなみに志摩とは出身校こそ違うが、高校の部活を通じて面識もあった。その時点ですでに引きが強い。

消防に確認を入れ、パトカーを下りたときにふと人の気配がした。

吉積が顔を上げると、目の前に人影が現れた。近くに街灯があって、周囲はぼんやりと明るい。

「――えっ？」

いつからそこに立っていたのか、まるで幽霊のように現れて、吉積のほうに一歩近寄ってきた。

長袖での白いシャツに、ゆとりのある白いボトム。足元は素足にビーチサンダルをつっかけている。

九月の中旬になってもまだ残暑が厳しく、夜でも気温はなかなか下がらないのに、その人の周りだけは涼しい風が吹いているようだった。細い身体がゆったりした服の中で泳いでいる。

「ひさしぶり」

ふわふわした髪が目元にかかっていて、顔はよく見えない。生ぬるい風に生い茂った雑草がざわっと音をたてた。

気の弱い人間なら悲鳴を上げたかもしれないが、幸い吉積は昔からメンタルだけは強かった。

「誰すか」

不審者か、と警棒に手をやりながら相手を見据えると、風にあおられて顔を覆っていた前髪が流れた。

煌《きら》めくような美しいパーツが理想の位置におさまった、白い小さな貌《かお》。

「あっ」

一度見たら忘れられない装飾過多な美貌に、吉積は思わず声を上げた。

「――中条《なかじょう》先輩！」

口にしてから、自分が彼の名前を正確に覚えていたことに驚いた。中条蓮《れん》。

密集した睫毛《まつげ》や艶《つや》を含んだ唇。美しいが、いつもどこか捉えどころのない表情をしていた、高校のときの二つ上の先輩だ。

ただし口をきいたのはたった一回だけ。

「覚えててくれたんだ」

口の端がきゅっと持ち上がって、中条は手を差し出してきた。

「元気そうだね」

親しげに振る舞ってくるが、そんな関係を築いた記憶はない。

「はあ、お久しぶりです…って、なんで、ここに？」

戸惑いながらも、吉積はとりあえず握手に応じた。

「先輩？」

質問に答えようとはせず、中条はなにかを探るように吉積を見つめ、そしてしっかりと手を握ったまま離そうとしなかった。

長い睫毛が動き、潤んだ大きな瞳に自分が映っている。

困惑しながら、吉積は不思議な既視感に捉われていた――七年前にも、こんなふうに中条に握手を求められたことがある。

高校一年の三学期、春先のうすら寒い保健室の空気までありありと思い出した。

その日、吉積は体育の授業で足をひねり、念のために湿布してもらってこいと言われて保健室に向かった。養護教諭は不在で、しかたなく椅子に座って待機していると、ベッドで寝ていた誰かが「ねえ」と身を起こして話しかけてきた。

「君、一年の吉積佑君だよね？」

すぐそれが三年の中条蓮だと気づき、彼が自分のフルネームを知っていたことに驚いた。

当時、中条はちょっとした有名人だった。しょっちゅう学校を休んでいて、たまにふらりと現れる、ミステリアスな美形の先輩。

一年と三年で学年が違い、なんの接点もない吉積でも彼の存在は知っていた。

みんなと同じ制服を着ているのに、中条はどこにいても不思議に目立っていた。サイズの合っていないぶかぶかのブレザーが流行《はや》ったのは、みんなが中条の真似をしたがったからだ。

長い手足と小さな頭、そしてどこか気だるい空気をまとわせていて、中条は独特の存在感をかもしだしていた。

対して吉積は多少背が高いくらいで、学年を飛び越えて名前を知られるような存在ではなかったはずだ。

「吉積君、握手しよ」

貧血で寝てて、とか、俺は湿布を貰《もら》いに来て、とかぽつぽつ言葉を交わしたあと、ベッドの上から急に手を差し出された。戸惑ったが拒否する理由もないので、促されるままそのほっそりとした手を握った。

「――吉積君は、警察官になるつもりはない？」

握手しながらそんなことを唐突に訊かれ、なんだこの人、と不審に思いつつ、その時点では警察に入るつもりなどなかったので「今のところは」とかなんとか答えた。

直後に養護教諭が帰ってきたので話はそこで終わり、中条とはその後言葉を交わす機会もなかったので忘れるともなく忘れていた。

いろいろあって吉積は大学卒業後、警察官の道を選んだが、そのときにふと中条の「警察官になる気はない？」という意味不明な発言をちらりと思い出しはした。でもまさか、こんなふうに再会するとは思ってもみなかった。

「――あの、中条先輩？」

高一の三学期から七年の時を経て、中条が同じように自分の手をぎゅっと握っている。変な感じだ。

中条は、なにかを見通そうとするかのようにじっとこちらを見つめている。振りほどくのはどうかと思ったが、握ったままでいるのも変だ。

吉積が手を引くと、中条は案外すんなりと手を離した。とらえどころのない、ふわっとした雰囲気は高校時代と変わらない。

「おい吉積、なにしてる？」

ふいに足音がして、志摩が近寄ってきた。

「すんません。今消防に連絡入れました」

「あれ、そっちは？」

訝《いぶか》しげに中条のほうに視線を向けられ、吉積が「高校のときの先輩で」と説明しかけたのを遮るように、中条は胸ポケットからなにか取りだした。

「え？」

警察手帳だ。

しかもそれは特別仕様で、デジタル端末になっている。吉積は目を見開いた。

警察学校の座学でさらっと触れた――警察庁特殊部所属の人間のみが携帯している身分証だ。初めて本物を見た。

「特殊部鑑識課、中条蓮です」

中条が淡々と名乗り、今度は志摩が「えっ」と声をあげた。

特殊部はその名の通り、犯罪捜査や要人警護に関する特殊技能者《スペシャリスト》を擁《よう》する部門だ。それ以上の詳細は明らかにされてはいないが、突然現れた高校時代の先輩の口からその部署名が出たことに、吉積は驚いた。

中条は少しだけ目を眇《すが》めるようにした。

「吉積君、――燃えたダンボールの裏に煙草《たばこ》の吸い殻が四つある」

言いながら、中条は倉庫のほうを向いた。

「ぜんぶ焦げてるけど、こっちから見て一番右だけは半分残ってるから採取できるよ。倉庫の裏手の足跡、スニーカー二種類、ワーキングシューズ、それからサンダル、女性ものと男性のがひとつずつ残ってる。それと、これ見落としそうだな。歩道に倉庫裏と同種のワーキングシューズの泥がある」

「え、え…っ？」

まるでなにかを読み上げるように次々と言われて当惑したが、中条は手にしていた身分証をかねたデジタル端末を差し出した。今口にしたことがそのまま音声入力で打ち込まれている。

「通信端末に今の視認情報送っとくから確認して」

「視認情報って、いつ検分されたんですか？」

志摩が慎重に訊いた。

そうか、自分たちが到着する前には来ていたということか、と考えたが、中条は無造作に「今、ここから」と答えた。

「はぁ？」

思わず不躾《ぶしつけ》な声が出た。

「今、ここから？」

かなり距離があるし、しかも夜だ。

「倉庫を起点に百メートル四方をスキャンして、必要な情報だけ拾った」

意味がわからず志摩の方を見ると、志摩もぽかんとしていた。

「臨場要請がかかって来たわけじゃないからおれの視認情報使うかどうかは好きにしてく

れていいよ。でも天気予報だと夜半からけっこう強い雨になるみたいだった」

言いながら中条が夜空を見上げた。つられて目をやると、近くの団地の黒いシルエットの上を、雲が不穏に流れていた。

「念のために、今のおれの視認情報はとっておいたほうがいいんじゃないかな」

「了解しました」

志摩が戸惑いながらも応じた。

「吉積君」

路肩に停めたパトカーからライトや保存袋を出し始めた志摩を手伝おうとそっちに行きかけると、中条に呼び止められた。

「君が警察官になってくれててよかった」

薄い唇の端がきゅっと持ち上がる。中条に笑いかけられて、吉積はうっすらとした違和感を感じた。…この人は、なんか変だ。

――吉積君は、警察官になるつもりはない？

「やっぱり君とは相性がいい。おれのガイドになってくれたら嬉しい」

意味不明のことを言いながら、中条がまた手を差し出してきた。

今度は吉積は握手に応じなかった。

違和感が急速に疑念に変わる。

そもそもなんでこの人はここにいる？

臨場要請がかかって来たわけじゃない、と自分で言った。それなら、なぜ？

こんな交通の便の悪い、大規模団地のそばをたまたま通りかかるはずがない。

今さら疑問が押し寄せる。吉積は無言で中条を見返した。

「――じゃあ、またね」

握手に応じないでいると、ややして中条は仕方なさそうに手を引っ込めた。そのまま背を向けて歩き出す。白いシャツが風にあおられ、ビーチサンダルが歩道のアスファルトを叩いて耳障りな音をたてた。

「あれ？　なんだ、帰ったのか？」

パトカーから荷物を下ろしていた志摩のほうに行くと、去っていく中条に気づいて不思議そうに吉積のほうを振り返った。

「おまえ、特殊部に知り合いがいたんだな」

「いや、ただの高校の先輩です。それも一回しゃべったことがあるってだけの。特殊部どころか、先輩が警察入ってたのも知らなかったし」

「ええ？」

志摩が眉を寄せているが、吉積にもさっぱり意味がわからなかった。

「突然現れて相性いいとかガイドがなんとか言われても、俺もわけわかんないですよ」

「ガイドってあれか？　センチネルのサポート役の？」

　志摩が思いがけない情報を口にした。

「なんすか、それ」

「おまえ、聞いたことない？　特殊部の技能者《スペシャリスト》は全員超能力使うんだって」

「知らないです。っていうか、超能力？」

　ふざけているのか、と笑いそうになったが、志摩は半信半疑という顔つきで、冗談を言っているわけではなさそうだ。

「特殊技能って、情報技術とか諜報能力とかのことですよね？」

「いや、そういうのじゃなくて、普通の人間じゃ聞こえない音を聞き取るとか、見通せないものを見るとか、そういう超能力みたいなものだって聞いた。その力を使うのがセンチネルで、そのサポート役がガイドだった、確か」

「はあ？」

「警察学校の先輩から聞いたことがあるんだよ。ガイドは自分のサポート能力にまったく自覚がないけど、センチネルのほうは直感で相性のいいガイドはわかるから、こいつはよさそうって思ったやつにスカウトをかけるんだとか言ってたな。けどそのへん歩いてる一般人に『あなた素質あるっぽいから特殊技能者であるわたしのガイドやってみませんか？』とかって声かけるわけにゃいかないだろ？　だから国家公務員、それも守秘義務きっちり守れる警察官とか自衛官とかの中から選抜かけるんだと。先輩も別の先輩から聞いたって話だから、どこまで本当だかわからんけどな」

——倉庫を起点に百メートル四方をスキャンして、必要な情報だけ拾った。

中条の口にした「視認情報」を思い出し、思わず倉庫のほうに目をやった。志摩もつられたように倉庫を見ている。足跡の有無や吸い殻どころか、倉庫の扉すら暗くてよく見えない。

「普通の人間には見えないものを見る能力…」

あくまでも伝聞だし、とうてい鵜呑《うの》みにできない内容だ。が、中条の言動はすべてピンポイントで当てはまる。

スカウト。

吉積は中条の言動を反芻《はんすう》した。

まさにそんな感じだった。

おれのガイドになってくれたら嬉しい——直球だ。

「俺、高校のときに『警察官になる気はない？』って言われたことあるんすよね。で、今まさにガイドになってくれたら嬉しい、って言われました」

「あの人に？」

志摩がびっくりしたように中条の方を見た。延々とまっすぐ続く国道を歩いている中条の後ろ姿は、もう白いシャツがちらちらと見えるくらいになっている。

「センチネルは早い時期から国家機関で働いてるっていうから、おまえ、高校時分から目ぇつけられてたんじゃないのか？　で、おまえが警官になったの知ってスカウトに来たんだ」

そんなことが本当にあるのか？

志摩が遠ざかる中条のシルエットと吉積を見比べた。

「やっぱりおまえ、引きが強ええわ」

志摩が結論を出すように言って、やべえ、とわざとらしく肩を震わせた。

「志摩さんのその『引きが強い』っていうの、つまり運がいいってことすかね？　それとも逆？」

志摩はうーん、と腕組みをして横目で吉積を眺めた。

「そりゃあおまえ次第だな」

確かに、その通りだ。

もう一度国道のほうに目をやると、中条の姿は完全に見えなくなっていた。

2

昨日手渡されたばかりの簡易IDカードでゲートをくぐる。

スーツなど着るのはいつぶりだろう。

通路の柱の鏡面部分に自分のスーツ姿が映り込んでいて、吉積は変じゃなかろうか、と横目でチェックした。

ちょっと背中のあたりのしわが目立つが、クロゼットの一番端に押し込まれていたのだからしょうがない。九月いっぱいはクールビズのノータイでいいと言われ、そこだけはラッキーだった。

警察庁特殊部鑑識課、というのが吉積の新しい所属先だった。

あの夜、中条が去ったあと志摩と改めて倉庫周辺の状況を確認すると、中条が「視認した」項目とすべてが一致していた。火災は失火ということで処理されたが、しばらくは付近の巡回を強化することになった。

「手品かなんかみたいだな」

中条が音声で残した情報に、志摩が薄気味悪そうに呟いていた。

「それか、『超能力』」

そして二日後、予感していたとおり、吉積にはいきなり異動命令が出た。

中条がなんらかの手を使ったのか、と思うと不気味な気もしたが、国家公務員が異動命令に逆らえるはずもない。

志摩は心配してくれていたが、吉積は持ち前の「まあ、なるようになるだろ」精神で開き直った。

それに、純粋な好奇心もある。

一般には詳細を明かしていない「特殊部」の内情を見てみたいし、あの夜中条がどういう「技能」で現場を検分したのか、自分になにを期待しているのかにも興味がある。

今日は朝から雨が降り出しそうな鬱陶《うっとう》しい天気だった。

いつもは独身寮から徒歩で本署に向かうところ、今日は電車を乗り継いでここまで来た。官庁の並ぶ通りを少し行き過ぎたところにある低層の建物は、入り口もよくわからないほどひっそりしていたが、入ってみるとごく普通の庁舎だった。

教えられたとおり受付はスルーして、奥のエレベーターホールに向かう。暗証番号を打ち込んでエレベーターに乗り込むと、音もなく勝手に地下に下りて行き、B2と表示されたところで停止した。ゆっくりと扉が開く。まるで地下シェルターのようだ。

「おはよう」

ここまで誰とも会わなかったので、扉の前に中条が立っていたのにぎょっとした。

「お――はよう、ございます」

中条はあの夜と同じサイズオーバーのシャツとボトムを身に着けていた。今日も前髪が目のあたりを覆っていたが、にっこりしたのはわかった。

「この前は、突然ごめんね」

「いえ」

また握手を求められるんじゃないかと身構えたが、中条は「こっち」と軽やかに踵《きびす》を返して歩き出した。この前と同じ素足にビーチサンダルで、廊下にぴたぴたとゴム底が床を叩く音が響く。

警察は完全なる階級社会だ。中条がどういうポジションにいるのかはよくわからないもののの、自分より上だということは確かなので、吉積は彼の隣には並ばず半歩後ろからついていった。

「吉積君がおれのこと覚えててくれて、嬉しかったよ」

中条が肩越しに話しかけてきた。奇妙に明るい無機質な空間のせいで、なんだか宇宙船の中にいるような変な錯覚を覚えた。

「保健室で話したよね、覚えてる？」

「覚えてます」

「よかった」

中条が歩調を緩めて隣に並んできた。

なにがどうよかったのか、好奇心と警戒が半々で、吉積は中条を横目で観察した。背は吉積よりだいぶ低いが、それでも平均身長はあるだろう。頭が小さくて手足が長いので、ぶかぶかの服やビーチサンダルがなぜかスタイリッシュに見える。高校時代の印象そのままだ。

「緊張してる?」

「いえ、特に。なんだか変わったとこだなとは思ってますけど」

「珍しい。特殊部に初めて来る人ってたいていおっかなびっくりって感じなのに」

「そうなんですか」

話をしながらいくつかのドアを通り過ぎ、廊下の端まで来て中条が足を止めた。

「ここ」

まるで病院の手術室のようなドアだ。

スチール製の両開きの扉センサーに、中条が指先をタッチした。がこん、と音を立てて重そうなドアがスライドしていく。

「鮎川《あゆかわ》さん、吉積君を案内してきました」

中条が先に入り、吉積も続いた。会議室のようながらんとした部屋に男が一人いる。

隙のないスーツ姿で、四十代半ばくらいに見えた。

「特殊部第一管理課、鮎川です」

鮎川と名乗った男はにこりともせず吉積の前に立った。シルバーフレームの眼鏡《めがね》の奥で切れ長の目がこちらを観察している。

「本日付けでこちらに異動してきました、吉積佑です。よろしくお願いします」

敬礼すると、鮎川も敬礼を返し、目で座れと合図してきた。

プロジェクターと会議用の長テーブルが二台用意されていて、吉積は書類や端末がセットされている席に着席した。隣に中条が座り、鮎川は対面のテーブルについた。

「まずは身分証だ」

携帯するにあたっての注意とともに、重みのある端末機を手渡された。これが、と物珍しかったが、顔には出さず、吉積は粛々《しゅくしゅく》と内ポケットに収納した。

「吉積は特殊部についてどこまで知ってる？」

鮎川が両手を組んで切り出した。

「なにも知りません。警察学校でも教わらなかったですし、噂話程度のことしか」

「噂話とは？」

「特殊部の技能者は実は超能力者で、自分をサポートするガイドを探してる、とかですね。で、こいつはってのを見つけたらスカウトをかけるって」

荒唐無稽《こうとうむけい》だと思いつつ志摩から聞いた内容をそのまま話すと、隣で中条が噴き出した。

鮎川がじろっと睨《にら》みつける。

「その話は概《おおむ》ね正しい」

「えっ、そうなんすか？」

まさかの肯定にびっくりしてすっとんきょうな声になり、今度は吉積が睨まれた。

「特殊部に在籍している技能者《スペシャリスト》にはセンチネルとガイドがいる。単純に説明すると、生まれつきの特殊能力を有している人間がセンチネルで、彼らをサポートできる能力を持っているのがガイドだ。センチネルは十万人に一人の割合でしか出現しないし、ほぼ遺伝だが、ガイドのほうはそこそこいる。体質みたいなものだ。その上で、センチネルとの相性と力の拮抗具合が大事なんだ。中条は能力が高すぎて今までなかなか合うガイドが見つからなかったが、本人が吉積なら合いそうだということで地域課のほうに適任申請を出した」

「吉積君が警察学校入ったの、データベースで見つけて、それで一年待ってたんだよ」

中条が楽しげに口を挟んだ。

「国家公務員として一年以上勤務している者でなければガイドとしての活動はできない、って規定があるからずっと待ってて、それで異動決まったの嬉しくて、つい会いに行って怒られた」

「当たり前だ」

鮎川が神経質に眉を上げ、中条が首をすくめた。

「臨場要請もないのに勝手に現場にしゃしゃり出て、あとで叱責くらうのはおまえだけじゃないんだぞ」

そういうことか、とようやく吉積は自分の思い違いに気が付いた。

あの夜中条に目をつけられたから異動になったのかと考えていたが、実際は逆で、異動が決まったので中条が様子を見に来たのだ。考えてみればたった数日で異動が決まるわけがない。

「それで、ガイドっていうのは実際どういう活動をするんですか」

超能力、というのはさすがに比喩だろうが、あの夜、中条が離れた暗い場所を一瞬で視認したのは間違いない。そのサポート役としていったい何を期待されているのか。

「先に特殊技能の話をすると、センチネルは生まれつき五感が発達していて、それを活かした活動をしている」

「おれは、視覚特化型のセンチネルなんだ」

中条が得意げに言った。

「視覚…、目がいいってことですか」

「ああ、そうだ。中条は目がいい」

なにかがツボにハマったらしく、鮎川が初めて口元を緩めそうになり、すぐまた無表情に戻った。

「ただし視力がいいとか、そういう話じゃないんだ。中条は鑑識として臨場したら、現場を空間スキャンして記憶できる。見落としはないし、毛髪でも血痕でもあとからモニターして視認できる。ちなみに普通では採取できない素材の布や木材からでも指紋照合ができる」

　嘘だろ、ともう少しで口に出しそうになった。特殊部の技能者は全員超能力使うんだって、という志摩の言葉が脳裏をよぎる。

「まあ証拠としては使えないけどね。客観的合理性がないから」

　中条がまた口を出した。

「それはしょうがないだろう。だから『提言』扱いで、物理鑑識がフォローする」

「その、特殊技能ってのは、生まれつきのものなんですよね？」

「必ずしも遺伝するってわけじゃないんだけど、遺伝性なのは間違いないから可能性のある子どもは全員担当局にフォローされて、だいたい一歳までには診断がつくの。おれもそう」

　センチネルの特性自体はずいぶん前から難治性神経疾患として知られていたが、数十年前に医療鑑定医の一人が彼らの能力と可能性に気づき、レポートにまとめてから急速に研究が進んだらしい。

「昔は五感過敏をコントロールできないで精神病院で一生過ごす、みたいなのも多かったんだって」

　怖いよね、と中条が首をすくめる。

　今では幼少期からケアと訓練を受け、それぞれの資質に合った国家機関で働くのが一般的らしい。

「たとえば嗅覚に特化したセンチネルは警察犬の数十倍の麻薬取引を水際で摘発してるし、聴覚特化のセンチネルは公安のスーパー盗聴マシンだ」

「でもガイドがいないと能力の半分も使えない」

中条がぼやくように呟いた。

「それもだいぶあとになってわかったんだよね」

「説明するより、実際にやってみたほうが早いな」

鮎川が腰を上げた。

「こっちへ」

鮎川がリモコンを操作すると、部屋を仕切っていたボードが動いて奥にスペースが現れた。

「これから透過視認をやってもらう」

壁際の台に大小さまざまな大きさの金属製のボックスが並び、床には立ち位置を示すビニールテープがいくつも貼ってあった。

「透過視認はゾーンに入らないとできない。ガイドが必要な技能だ」

鮎川に指示され、並んで壁のほうを向いて立った。中条が手を差し出した。

「別に、手をつながなくてもガイディングはできるけど、最初だからね」

「いいか?」

鮎川がクリップボードを手に後ろに立った。

わけがわからないまま、吉積は中条と手をつないだ状態で壁にずらっと並んだボックスを眺めた。素材はスチールかなにかのようで、持ち上げたら重量がありそうだ。

「それじゃ、右から」

指示されて、中条が軽くうなずいた。

あれ、と吉積は目を見開いた。繋いだ手から奇妙な感覚が伝わってくる。痺《しび》れのような、ぴりぴりしたものが徐々にはっきりしてきて、反射的に手を離そうとしたが中条が許さなかった。

「いい?」

え、と思ったときに中条の指から再度ぴりっと強い痺れが伝わってきた。驚いて離そうとしたが、ぐっと引き戻される。

中条が壁際のスチールボックスに目を据えた。

「引いて」

「引く…?　あっ」

中条が囁いたのと同時に、得体のしれない感覚が手首から腕に走った。

微弱な電流のようなものがまとわりつき、そして引っ張られる。なんだこれ、と反射的に息を止めた。

「――右1水晶《すいしょう》三、右2黄鉄鉱《こうてっこう》一、右3青鉛鉱《せいえんこう》二、…」

中条の意識が一点に絞られ、集中していき、彼の唇から呪文のような言葉が洩れ始めた。ブラックホールにでも吸い込まれるような力に、吉積は全力で抗った。強烈な渦に巻き込まれないように渾身《こんしん》の力をこめる。

「――左1方解石《ほうかいせき》二、左2マンガン鉱《こう》三、左3濃紅銀鉱《のうこうぎんこう》一」

呟き終わるとふっと引っ張られる感覚が緩み、中条がふうっと息をついた。

「――すごい」

手を離して、中条が興奮気味に前髪をかきあげた。

「いい。すごくいい」

「なんすか、今の」

わけがわからず、吉積は後ろに立っている鮎川のほうを向いた。

「今のが、ガイディングだ」

「ガイディング?」

言われて、思わず自分の手のひらに目をやった。まだ少しぴりぴりとした痺れが残っている。

今のが、ガイディング。

不思議な感覚だった。目に見えない力で引っ張られ、反射的に全力で抗った。それは意識の上だけのはずなのに、息が上がっている。

「中条は今、ゾーンに入って透過視認をしたんだ」

鮎川が壁際のスチールボックスを一つ持ち上げた。台の上に指先ほどの大きさの硝子《がらす》のようなものが三つ載っている。

「水晶三。——黄鉄鉱一、青鉛鉱二」

隣のボックス、さらに隣、とボックスを持ち上げて確認していく。いずれのボックスの中にも種類の違う石のようなものが置かれていた。

「——え、まさか中のものを当てたってこと？」

さっきの呪文が中身の鉱石の種類と数だったとわかり、さすがにぎょっとした。

「当てたんじゃない。透過視認だ」

「透過…、その箱の中が見えるんですか？」

鮎川がボードを確認してうなずいた。

「２０ミリスチールを透過視認して、鉱石を完璧に見分けた」

「やっぱり君とは相性がいい」

中条が満足そうに言った。

「おれ、あんなに簡単にゾーンに入れたの初めてだ」

吉積はもう一度自分の手のひらに目をやった。痺れはもう消えている。

「中条と組んでしばらく訓練したら、もう一回正式に適性検査を受けて、許可が下りたら正規技能者として登録してもらう」

「そしたら正式におれのガイドだ」

中条が口元をほころばせ、ぱちんと両手を合わせた。

「よろしくね、吉積君」

3

特殊鑑識課には中条の他にもうひとり三十代の女性センチネルが在籍していた。直接絡むことはないけどな、と地上に上がってから鮎川に簡単に紹介してもらった。内田一花《うちだいちか》です、とにっこりした彼女は聴覚優位のセンチネルで、ガイドはいかにも温厚そうな同年代の男性だった。

地下の訓練施設はしんと静かでどこか現実離れしていたが、地上階はごく普通のオフィスといった感じだ。

「明日からは直接ここに来てくれ」

スチールデスクとキャビネットの並ぶ様子は古い役場のようでもある。地下から上がって山ほど書類を書かされて、夕方には中条とともに庁舎を出た。

「お疲れ様」

初めて見聞きすることばかりでまだ頭の中がごちゃごちゃだったが、中条はご機嫌で話しかけてきた。

官庁街のはずれで、この時間は人の行き来もまばらだ。まだ残暑が厳しく、冷房の効いた建物から出るとアスファルトの照り返しもきつかった。

「まだ時間早いけど、よかったらどこかで晩飯でも食べて行かない？」

ガイドとセンチネルが特殊な関係性で仕事をするということは理解できた。

「センチネルの能力は個人差が大きいが、ガイドがいるかどうかでもまったく違う。とにかく相性のいいガイドが必要なんだ」

というのが鮎川の説明で、それなら信頼関係を作るのも仕事のうちだろうし、吉積としてもいろいろ聞いてみたいことがある。

「吉積君は何が好き？」

「俺はなんでも食います」

「じゃあ、駅の近くの店に適当に入ろうか」

歩き出すと、中条のビーチサンダルがぺたぺた音を立てる。

「いつもそれなんですか？」

「ビーサン？　うん。おれ裸足《はだし》が好きなんだよね。冬は寒いけど」

「えっ、冬もビーサンなんですか？」

「うん。ちょっと変だよね」

かなり変だよと思ったが、相手はセンチネルだ。いろいろこだわりも強いのだろう。

居酒屋は時間が早くて空いていた。

奥の四人掛けテーブルに納まると、厨房から漂ってくる揚げ物の匂いに急に空腹を覚えた。

「奢《おご》るから、好きなの頼んでね」

「いや、俺めちゃくちゃ食うんで割り勘にしてください。それでも中条さん割り勘負けしますから」

オーダー用のタブレットを手に取ると、中条はテーブルに行儀悪く頬杖をついてふっと笑った。

「なんすか」

「いや、ガイド申請されて実際にガイディングやってみて、それで普通にしてられる人って初めて見たから」

「そうなんですか？」

「みんなぐったりしてたよ」

「俺も疲れましたよ」

中条が声を出さずに笑った。

ひとまず瓶ビールとつまみをオーダーしてから、目についたがっつり系を欲望のままタップした。一緒にタブレットを覗き込んでいた中条が目を丸くした。

「そんなに食べられるの？」

「余裕すね」

「へー。すごい」

自分でも鬱陶しいらしく、中条はしょっちゅう前髪をかきあげる。とたんに優雅な弧を描く眉やくっきりと刻まれた二重の瞳が現れて、やっぱりきれいな顔してるよな、と感心した。

「なに？」

中条がタブレットから目を上げた。

「いえ。センチネルとかガイドとか、まだよく呑み込めなくて」

「だよね」

中条がふわりと笑った。

「やってるうちにわかってくるよ」

「今まで他に誰かと組んだことはあるんですか？」

「あるよ、もちろん。四人くらい。でも吉積君みたいに引きが強くてびくともしない人は初めてだったし、あんなに簡単にゾーンに入れたのも初めて」

「その、ゾーンってのはなんなんですか？　アスリートとかがゾーンに入るって言いますけど、あれとは違うんですよね？」

「同じようなもんじゃない？」

中条があっさり答えた。

「難しい視認はものすごく集中しないとできなくて、集中した状態をゾーンに入るっていうんだよ。言葉で説明するの難しいんだけど、深い海に潜るのに似てるかな。さっきガイディングしてくれたときになんとなくわかったんじゃない？」

「ずしっときました」

「潜るのに集中すると帰り方がわからなくなるんだよね。ガイドは命綱なんだ。自分に合った命綱が、しっかり海上で綱を握ってくれてるから安心して深く潜れるし、迷わずに戻ってこれる」

初めて経験した「ガイディング」の感覚を思い返すと、中条の言っている意味はなんとなくわかった。

「ガイドとの相性がよくないとしっかり繋がれないし、能力の程度が合わないとガイディングが外れる。吉積君とはどっちもぴったりだったから、あとは訓練重ねて信頼積めば最強になれる。特別な関係なら、もっと簡単なんだけどね」

「特別な関係というのは？」

「夫婦とか、恋人とか」

中条がいたずらっぽく笑った。

「一花さんたち、来年結婚するんだよ。ほら、さっき紹介されたもう一人のセンチネルとガイド」

つまりカップルということか。

「けっこう長く組んでたんだけど、婚約してから一花さん急に実績上げて、やっぱり違うんだなって思った。公安の対テロ特殊課チームにいるセンチネルとガイドはほぼカップルなんだって」

「吊り橋効果ってやつですか」

四六時中一緒にいて、かつ危険任務についていればむしろ自然にそうなるのかもしれない。

「逆だよ。絆《きずな》がしっかりしてるから危険任務を任せてもらえる。一花さんたちも来年は公安に異動になるかもしれないなあ」

口調が羨《うらや》ましげだ。

「中条さん、もしかして公安希望なんですか？」

「うん」

中条がはっきりうなずいた。

「対テロ特殊課とか諜報関係はセンチネルが一番役に立てると思うから」

「へえ」

ということは、いずれ自分も彼のガイドとして公安に行くことになるのだろうか。考えたこともなかった。

「それじゃ、お疲れ」

話していると配膳ロボットが注文品を運んできた。中条がビールをついでくれたので、吉積もお返しして軽くグラスを合わせた。

「ところで吉積君はなんで警察入ったの？　高校のときはそんな気ないって言ってたよね？」

聞きたいことは他にもいろいろあったが、それは中条も同じのようだった。

「俺は、私憤からですね」

「シフン？」

「俺の友達が、放火事件に巻き込まれて足に軽い障害負ったんですよ」

三年も前のことなのに、口にすると新鮮に腹が立った。

「皮膚の癒着で踵《かかと》がうまく動かせなくなって、日常生活はリハビリで支障なくなってるけど、陸上は諦めたんです。実業団から声かかってたのに」

和久井《わくい》とは、高校の陸上部で知り合った。

思慮深く穏やかな男で、達観したような物言いをするので中学からの仲間には「和尚《おしょう》さん」と呼ばれていた。性格は正反対と言ってもいいのに初対面からなぜか気が合って、今でもなにかとつるんでいる。

和久井は一万メートル、吉積は四百メートルハードルが専門だったが、マイルリレーではずっとチームを組んでいた。

高校三年のインターハイ路線、県大会の決勝は北高陸上部史上一番の熱いレースだった。

結局惜敗を喫したが、インハイ常連校でその年の準優勝チームと最後まで競り合って、ラスト五十メートルの和久井の走りは今でもなにかと話題にのぼる。陸上部の全員で喉が潰れるほど絶叫した。

吉積は高校で引退したが、和久井はインカレでも結果を残し、駅伝の強い実業団から声がかかっていた。和久井ならメンバーに入れるだろうからニューイヤーはみんなで幟《のぼり》作って応援行こうぜと盛り上がった。

「なのに大学三年の冬にランニングの最中に廃工場から出火してるのに出くわして、あいつホームレス助けようとして右足に大火傷《おおやけど》したんですよ」

和久井が助けたホームレスは行政につながったが、和久井がもらったのは感謝状一枚で、半年のリハビリのあげく陸上競技からの引退を余儀なくされた。

「それ、放火なの？」

中条が形のいい眉をひそめた。

「和久井が巻き込まれる前、同じ廃工場で不審火が続いてたんです。だから和久井も気にしてて、どうせならって夜のランニングコースでその廃工場の前通るようにしてたらしいんですよ」

「そのホームレスが火を使ってて火災になったとかじゃないんだよね？」

「それは警察も調べてて、ホームレスじゃないのは確かなんです。けどちゃんと調べたのはそこまでで、工場の取り壊しが決まったら、不審火もおさまったしそれ以上の進展は望めないってさっさと捜査打ち切ったんですよ。そんなのあります？　放火に決まってるじゃないですか。ほぼ毎月同じとこから火が出てたのに」

むかついて声が大きくなった。

「じゃあ吉積君、もしかしてその放火犯見つけるために警察入ったの？」

中条が驚いたように目を見開いた。

「もちろんですよ。いやまあ、さすがに現実的じゃないってのはわかってますよ。けどもしかしたらってのはあるし、同じような放火事件があったら絶対その犯人捕まえたいじゃないですか。ひったくりも痴漢も特殊詐欺も片っ端から捕まえてやるっていうのが俺の警官になった理由ですね」

「へえ…」

おまえは本当に単純馬鹿だな、と周囲は少々呆れ気味だったし、和久井にももう少し考えた方がいいんじゃないかと心配された。が、体力自慢でメンタル強めの自分には結局のところぴったりの職業選択だったと思う。他にしたいことがあったわけでもない。

「それで地元エリアの管轄区に配属されました」

警察学校での成績は悪くなかったので実績を稼げる都心部に希望を出しても通っただろうが、吉積はあえて地元に希望を出した。

お年寄りの道案内から地区祭りの警護まで、地域密着の仕事なので地元意識があるとやはりモチベーションが違う。同じ地域出身の志摩も同じことを言っていた。

「まさか鑑識に異動になるとは思ってませんでした」

「ごめんね。でもおれも、合うガイド見つけて能力上げたいからさ。それに、おれの母さんのころは単独でも問題なかったんだけど、今はガイドのいないセンチネルは行動制限があって、難しい現場には行けないんだよね」

「中条さんのお母さんもセンチネルだったんですか？」

「うん。この体質は母さんからの遺伝」

話しながら、中条は焼き鳥の串からちまちま鶏《とり》と葱《ねぎ》を外している。どうやら葱が嫌いらしく、鶏だけを食べながらふと注文タブレットの時計に目をやった。

「吉積君、寮だよね？　門限何時？」

「うちは十一時です」

「えっ、早いね」

「そうなんですよ」

しかも外泊申請は月に二回までと決まっている。デートもままならないので彼女もちの警察官は結婚を急ぐ傾向があった。志摩も学生時代の恋人と早々に結婚している。

「結婚したら独身寮出られるんで、俺も次につき合う子とは結婚前提ですね」

「てことは、今は彼女いないんだ？」

中条が意外そうに瞬きをした。

「去年のクリスマスにふられました」

吉積はため息をついた。

イベント好きだと知っていたのに、つい忙しさに紛れてクリスマスデートの埋め合わせを怠った。モテるわりに長続きしないのはマメさに欠けるからだ、という指摘を各方面から受けている。それも結婚すれば解決するはずだ。子どもには懐かれるほうだし、大家族は楽しそうなので子ども好きな女性と早めに家庭を持ちたいと思っている。

「中条さんは寮じゃないんですよね？」

「訓練校までは共同生活で、そのあとは配属部署が用意してるマンションとかアパートとかにみんな引っ越すね。おれは自炊面倒だからずっと共同施設にいたけど、そろそろ自立しろって鮎川さんに言われて、二年くらい前に今のとこに引っ越しした」

「どのへんなんですか？」

「そこ」

中条が行儀悪く箸でちょいと窓の向こうを指した。

「あのコインランドリーの隣のマンション」

駅の裏手は二十四時間営業のスーパーやドラッグストアが並んでいる。その古ぼけた建物の中に五階建てのマンションも埋没していた。

「へえ、近いすね」

「そのうち遊びに来てよ」

中条が妙に熱心に誘った。

そんなことより吉積は中条がせっせと唐揚げの皮をはがしているのが気になっていた。スパイスの利いたカリっとした皮が旨いのに、とつい手元を凝視してしまう。

「皮、嫌いなんだよね」

中条が視線に気づいて首をすくめた。

「焼き鳥も、葱だけ撥《は》ねてましたよね」

「葱も苦手」

「なら俺が食いますよ。もったいない」

「そう？」

それじゃ、と皮を三枚集めて、なんの気遣いかパセリを添えた。

「吉積君は嫌いなものないの？」

「特にないすね。苦手なのは俺が食いますから最初からこっちにください」

「えー、ほんと？　助かる」

中条の嫌いなものをあれこれ引き受けているうちに皿がどんどん空いた。中条は「苦いの苦手」とビールは最初の一口飲んだだけで、あとは梅サワーをちびちび飲んでいる。

好き嫌いも激しいし、なんだか子どもみたいな人だな、と吉積は高校時代の「ミステリアスな美形の先輩」のイメージを脳内修正した。無口な人だと思い込んでいたが、むしろよくしゃべる。

少々手触りが変わっているが、まあ悪い人ではなさそうだ。

「吉積君、ほんとにいっぱい食べるね。おれはもういいから、あと食べて」

中条があくびをしながら箸を置いた。

「なんか、眠くなってきた」

テーブルに頬杖をついている中条は、こころなしか目がとろんとしている。時計を見るとまだ七時を少し回ったところだ。

「飲むと眠くなるんだよね」

「もしかして、アルコール弱いんですか？」

「うーん、強くはないね。センチネルは刺激に弱いからあんまり飲むなって言われてる」

「えっ、先にそれ言って下さいよ。っていうか、なんで飲んだんです」

「甘いのは美味しいから、つい」

「ついじゃないですよ。じゃあそろそろ行きましょう」

ほぼ食べ尽くしていたし、中条の眠りこけそうなそぶりに慌てて席を立った。

「あーやっぱちょっと酔っ払ったかも」

割り勘を主張したが「今日くらい出させて」というので甘えて、店を出るなり中条は大きくよろけた。

「あれ、あれれ？」

「ちょ、大丈夫ですか」

急いで支えてやったが、足元がふらついている。

「家まで送りましょうか」

「そう？　いいの？」

どうにも危なっかしいし、どうせ目と鼻の先だ。幸い最初によろけただけで、あとは自力でマンションまで歩いてくれた。

「中条さん、何階ですか？」

何度か車道にはみ出そうになるのを軌道修正してやりつつ、なんとかマンションの前についた。

「三階」

エレベーターで三階まで上がると、ポケットから裸の鍵を出してきた。

「貸してください」

鍵穴にうまく差し込めず、手間取っているので見かねて開けてやった。言動は普通だが、やはりかなり酔っ払っている。

「ありがとー」

ドアを開けると、中条は蹴るようにしてビーチサンダルを脱ぎ捨てた。

「吉積君、なにか飲んで行かない？」

上がり込む気はなかったが、好奇心から「それじゃ」と吉積も靴を脱いだ。

間取りとしては広めの１ＬＤＫで、水回りにもゆとりがある。せせこましい独身寮住まいから見ると羨ましい限りだが、残念なことに散らかりまくっていた。部屋の隅にはごみ袋がいくつも積み上がっているし、キッチンカウンターの上もシンクの中もコンビニ弁当の残骸であふれかえっている。

「冷蔵庫にいろいろ入ってるから、好きなの飲んで」

中条は衣類が小山をつくっているベッドに転がりこんで寝そべり、顔だけこっちに向けた。

「すげえ寛《くつろ》ぎますね」

「吉積君も寛いで」

足の踏み場もない部屋で寛げと言われても、ととりあえず言われた通り冷蔵庫を開けた。

「中条さんも水飲んだほうがいいですよ」

「じゃあちょうだい」

部屋の様子から冷蔵庫の中もやばそうだと覚悟してのぞいたが、開けてみると中にはきっぱりドリンク類しか入っていなかった。野菜室にはミネラルウォーターの2リットルが数本転がり、あとは携帯サイズのお茶や炭酸飲料、野菜ジュースのパックなどが乱立している。

「ありがと」

ミネラルウォーターのボトルを二本とって、一本を中条に差し出すと、ふあああ、と遠慮のないあくびをしながら起き上がった。

「ゴミ、捨てないんですか」

どこにも座るところがないので、仕方なく吉積もベッドの端に尻を落ち着けた。

「この前のゴミの日、雨でさ」

「一回出さなかっただけでここまでにはならないでしょう」

「二回連続で雨降って」

「二回でもこうはならないです」

ずけずけ指摘すると、中条は首をすくめながらボトルのキャップをねじった。

「なんか忘れちゃうんだよねえ」

「これじゃどこになにがあるのかわからないでしょう」

「わかるよ」

中条が悪戯《いたずら》っぽく笑ってベッドの上であぐらをかいた。

「さっき吉積君に開けてもらった部屋の鍵、どこに置いたか当ててみようか」

部屋の鍵はまったくの裸で、どこに置いても失くしてしまいそうだったので冷蔵庫の中に放り込んでいた。以前ゴミを溜めがちな友達から聞いたライフハックだ。卵ケースの中に入れ、あとで教えようと思っていた。

中条が身体を近づけてきた。

「試してみよう」

中条が軽く手を触れ合わせると、びりっとした痺れが伝わってきた。

「いい？」

吉積がうなずくと、中条がすっと意識を集中させるのがわかった。そのままぐっと引っ張られる。

「……っ」

渦のようなものに引き込まれそうになって、慌てて力いっぱい抵抗した。中条は宙に目をやっている。これだ、と直感して吉積は繋がった彼の意識をホールドした。

これが、ガイディング。

「…こっち、…じゃない、…ああ、――」

彼の意識が猛烈に稼働して、暴れている。全力で捕らえているうち、ふと抵抗が弱まった。

「視えた」

中条の口元が緩んだ。

強い力から解放されて、思わず大きく息を吐いた。ただベッドに座っていただけなのに、全速力で走ったあとのように息が切れている。

「鍵、ありがとう」

中条のほうは涼しい顔で、立ち上がって冷蔵庫まで行くと、扉を開けて鍵をつまみ上げた。

昼間の透過視認は箱の中限定だったが、今回は部屋の中ぜんぶをスキャンした上で、さらに冷蔵庫の中まで見通したということになる。

「すげえ」

やはり手品かなにかのようだ。

「鑑識課クビになったら失せモノ探しで独立できますね」

「そのときは一緒に独立しようよ。すごいのは吉積君だから。本当に、こんなにぴったりガイディングしてもらったの初めて」

嬉しそうに手の中で鍵を遊ばせながら、中条がベッドに戻ってきた。

「君と組むの、ほんと楽しみ」

自分の中にあるらしい特別な力に、吉積も新鮮な驚きを覚えていた。

「――あのさ」

すぐ近くにすとんと腰を下ろし、中条は少しためらってから吉積のほうに顔を向けた。

「吉積君、今は彼女いないんだよね？」

「ええ」

急になにを言い出すんだ、と訝りながらうなずくと、「じゃあさ」と中条が顔を近づけてきた。

「セックスしない？」

唐突な発言に、吉積は無言で中条の顔を見返した。

酔いは足にきているだけだと思っていたが、思考のほうも怪しかったのか。

「今、彼女いないんでしょ」

中条が腰をずらして密着してきた。なめらかな白い肌に、長い睫毛が影を落としている。本当にきれいな人だ。きれいな人だが男だし、なによりいきなりセックスしようと言い出すのは相当やばい。

「彼女はいないですけど、やらないですよ」

「だめ?」

「だめですね」

酔っているのかと思いかけていたが、「どうして?」と中条は真顔で食い下がってきた。オーバーサイズのシャツは喉元が大きくはだけている。乳首がちらっと見えて、おいおい、と中条が詰めてきた分の距離を取り直した。

「男でもできるよ? 女の子とするみたいにしていいから、しようよ」

誘惑、というにはあまりに情緒がない。

「しませんよ」

「なんで?」

なんでじゃねえよ、と吉積は中条の肩を押し返した。

「無理です」

「無理かどうか、やってみないとわかんないよ?」

「そういうことじゃなくて」

いきなり股間に手を伸ばされて、さすがに腹が立った。

「しない、っつってんだろ!」

一喝《いっかつ》すると、びくっとして手をひっこめた。

「俺は頭がシンプルにできてるんで、セックスするのは恋人とだけです」

はっきり拒絶すると、中条はひとつ瞬きをした。

「恋人——、好きなタイプとか、ある?」

なんでそこでそういう発言になるんだ、と吉積は脱力した。変わった人だとは思っていたが、ついていけそうにない。

「きれい好きで、好き嫌いなくいっぱい食べる子ですね」

わざと中条の真逆を上げると、あからさまに落胆した。

「じゃあおれ、だめだね」

「そもそも俺はゲイではないので」

なにより今日同僚になったばかりの相手にいきなりセックスしようと誘う人間性とは相容れない。

「申し訳ないですけど、中条さんと組むのも考え直します」

信頼関係が必要なら、なおのこと無理だ。中条が顔色を変えた。

「どうして？」

「どうしてもこうしても、倫理観のおかしな人とは仕事できないですよ。今のは完全なセクハラです」

「ま、待って」

帰ろうと腰を上げかけると、中条が突然しがみついてきた。

「うわっ」

いきなりタックルしてくるとは思わなかった。驚いて振り払おうとしたが、しっかり腰をホールドして離れない。

「帰らないで。謝るから。ごめんなさい。もう変なこと言わないし、だから帰らないで」

「ちょ、離してください」

「いやだ」

股間のあたりできれいな顔がこっちを見上げている。本人にそういう意図はなさそうだが、変な気分になってしまいそうで吉積は慌てた。

「わかりました、帰らないから」

「ほんと？」

「だからとにかく離してください」

「本当に？」

「しつこい」

声に怒気をこめるとようやく手を離した。

「ごめん」

反省した様子でそのまま床に正座したので、吉積も仕方なく中条の前にあぐらをかいた。

「吉積君と早くいい関係築きたくて、つい」

「いい関係って、肉体関係のことなんですか？」

「絆《ボンド》が欲しくて」

声がきつくなった吉積に、うなだれていた中条が訴えるように顔を上げた。

「ボンド？」

「絆《きずな》とも言うけど」

蓮が指で床に「絆」と書いて見せた。

「ガイドとの特別な関係のこと、おれたちのスラングで絆っていうんだ。さっき話したよね。公安の対テロ特殊課チームにいるセンチネルとガイドはほぼカップルだって。恋人とか夫婦とか、特別な関係のセンチネルとガイドは強いんだ。一花さんもガイドと絆結んでから実績上がったし、おれ、誰と組んでも能力が違いすぎてすぐ関係解消になってたから、やっとこんな合う相手が見つかったって嬉しくて、つい先走っちゃって…」

「先走ったって、俺はゲイじゃないんでどこまで行っても無理ですよ？　そもそもいきなりセックスしたってそれで信頼関係が築けるわけないじゃないですか」

呆れて言うと、中条が初めて気づいた、というように目を見開いた。

「それは…そうか」

吉積は思わずはあっと息をついた。

「勘弁してくださいよ」

いったいどういう思考回路なんだ、と呆れたが、うなだれた中条はやはりきれいな顔をしている。この外見で誘惑されたら手を出す男も多いだろうし、かつての成功体験から同じことを繰り返しただけ、というのは容易に想像がついた。

「中条さんはゲイなんですか？」

「おれは、性別あんまり気にしない。吉積君は入れたい方だろうから、それならおれは入れられる方かなってくらい」

あけすけな答えに毒気を抜かれ、吉積は正座でこっちをうかがうように見ている中条を改めて観察した。

誘惑しようとしていたわりに、中条には欲望の匂いがしなかった。本当に「絆」とやらを作ることだけが目的だったからだろう。そのせいか、腹は立ったが嫌悪感はない。

「もう変なこと言わないから、ガイドは続けて」

お願いします、と中条が頭を下げた。

常識が欠けているのは間違いないが、一応反省しているようだし、こっちの話も聞くことは聞く。

まあいいか、と吉積は力の入っていた眉間を和らげた。

なにより知ったばかりのガイディングという自分の能力をもっと試してみたい。

「俺が警察官になったのは、一人でも多くの犯罪者を捕まえるためですしね」

「じゃあ…？」

中条がそろっと顔を上げた。

「このくらいだったら、業務の範囲で大丈夫です」

手を差し出すと、中条はぱっと笑顔になった。

「よかった、ありがとう！」

中条が両手で手を握ってきた。痺れはない。彼が能力を使う意思を持ったときだけ、あの感覚がくるのだろう。

まだガイディングがどういうものなのか、センチネルとガイドの関係性もよくわかっていない。

でも中条の能力を活かしきるには自分の力が必要らしいし、それが重大事件の解決につながるのなら協力したい。

「中条さんの能力で、もしかしたら和久井の足に障害負わせた放火犯を見つけられるかもしれないですしね」

「うん！」

中条が吉積の手をぎゅっと握った。

「絆が結べなくても、地道に訓練重ねて信頼育てていけば、もしかしたら残像視認ができるようになるかもしれない。そしたらおれは公安に呼んでもらえるし、吉積君は友達に怪我させた犯人見つけられるかもしれない」

「残像視認？」

「視覚優位のセンチネルの究極の能力」

中条が残念そうにため息をついた。

「セックスしたら一発でできるようになると思ったんだけどなぁ、って、嘘！　もう言わない！」

目を眇めた吉積に、中条が大慌てで訂正し、愛想笑いをした。

「次はないですからね」

「はい」

エキセントリックな部分はあれど、どこか憎めない人だ。

「もうしません」

まあ、不埒《ふらち》な真似してきてもぶん殴るだけだしな、と吉積は雑に結論付けた。

4

白いパーテーションが眩しいほどの光を反射している。

うるさく点滅する計器やモニター、生命維持のためのチューブ、機械音と人の声が病室を満たしていて、ああまたこの夢か、とうんざりしながら、中条蓮は十歳のときの喪失をまた追体験していた。

「お別れだよ」

そばに立っている父親が、涙をこらえて囁いた。本当は抱きしめたいと思っているのに、触れられることが苦手な息子のために我慢してくれている。

モニターの警告音が耳に突き刺さる。

感覚過敏矯正のためのヘッドギアを装着していなければとても耐えられない聴覚刺激に、蓮はぎゅっと目を閉じた。涙が勝手にこみあげてきて、それが悲哀からなのか、単なる刺激に対する反応なのかも自分でよくわからなかった。

うつむくと、裸足の足にぼたぼた涙が落ちた。

最近になってようやくコットンの衣類は普通に着られるようになったが、靴を履くことはまだできなくて、素足にビニールスリッパをつっかけている。

「蓮」

父にそっともたれると、震える声が蓮の名前を呼んだ。

人に触れられると、その感覚刺激に全身が勝手にこわばる。でも今は父の身体の感触に、心のぜんぶが縋《すが》りついていた。

もうそこまで死が迫っていて、かあさん、と呼びかけたかったが、喉が変につかえて声が出なかった。

五感異常刺激の緩和ケアのため、物心ついたときから共同施設で生活していて、蓮が両親のもとに帰ることができるのは数ヵ月に一度だった。でもその短い時間で、充分両親からの愛情は受け取っていた。

母も視覚優位のセンチネルで、早くガイドが見つかるといいね、と折に触れてはそう言った。

眠るときだけヘッドギアを外す蓮に、よく歌を歌ってくれた。オーバー・ザ・レインボー。虹の彼方に夢のような場所がある、という優しい歌だ。

薬物療法の副作用で苦しんでいるとき、刺激抑制訓練で泣いているとき、いつも母の歌声を思い出していた。

今も苦しい。

苦しいときには思い出す。

Somewhere over the rainbow way up high

There's a land that I heard of once in a lullaby

――さむうぇあ、おーばーざれいんぼう、うぇい、あーはーぃ……、……心の中で母の歌声をたどると、ばらばらになってしまいそうな心が支えられた。

――さむうぇあ、おーばーざれいんぼう…、どりーむ、れありー、どうかむつるー

……

「特別捜査官、中条踏美《ふみ》さんの長年の尽力と献身に敬意を表します。――黙祷《もくとう》」

黒いスーツに身を包んだ人たちがいっせいに目を伏せ、床が揺れるような感覚がした。

優しい歌声と、かあさん、と嗚咽《おえつ》する自分の声で目が覚めた。

朝だ。

蓮はうっすら目を開き、すぐにまたまぶたを閉じた。涙が頬から鎖骨《さこつ》まで伝っていて、気持ちが悪い。手のひらで拭い、それからのろのろ起き上がった。

見慣れた一人暮らしの部屋に朝の陽ざしが入ってきている。

頭が重くて、身体が怠い。アルコールを口にした次の日の朝は必ずこうだ。体質的に飲まないほうがいいとわかっていたのに、吉積と差し向かいで座っていることが嬉しくて、つい調子に乗ってしまった。

――申し訳ありませんが、中条さんと組むのは考え直します。

吉積の声が、いきなり耳に蘇《よみが》り、蓮ははっと顔を上げた。

――倫理観のおかしな人とは仕事できないですよ。

軽蔑《けいべつ》に満ちた声、切り捨てるようなまなざし。

「うわぁ…」

夕べの大失態をまざまざと思い出し、勝手に情けない声が出た。

やってしまった。

必死で謝り、縋りついてなんとか許してもらったが、危なかった。

ずんと落ち込んで、蓮はまた毛布の中にもぐりこんだ。

一緒に食事をしてくれたし、家まで送ってくれた。恋人はいないと言ったから、頼めばセックスしてくれるかも、と期待したのが間違いだった。

――倫理観のおかしな人とは仕事できないですよ。

「倫理観のおかしな人、って…」

そこまで言われるほどか？　と眉を寄せ、たぶんそうなんだろう、と深いため息をついた。担当職員の鮎川には「センチネルは特殊な環境で育ってるから一般常識に欠けるところがある」とよく諭《さと》されている。

「あーあ、また鮎川さんに怒られる…」

吉積君から報告がきてるぞ、とシルバーフレームを光らせる鮎川が頭に浮かんで、蓮ははーと大きくため息をついた。

絆を結びたかっただけ、というのはきっと理解してもらえるだろうが、短絡思考と軽率な行動でまたペナルティだ。今さら自分の馬鹿さ加減が嫌になった。

そもそも「絆」は単なる俗説で確たるデータがあるわけではない。センチネルの間だけで通用する経験則のようなものだ。それでも蓮は直感的に彼と絆《ボンド》を結びたい、と思ってしまった。

吉積佑とは、無理を言って入学した高校で出会った。

それまで蓮は一般社会と接点を持ったことがなかった。

センチネルは遺伝性なので、係累乳幼児検診で神経過敏の傾向が見られるとすぐ入院加療が始まる。蓮の母親のころにはもう薬物療法が確立していて、精神損壊の起こる可能性はぐっと減っていたが、基本的に国家の保護対象だ。

神経過敏をコントロールできるようになると全寮制訓練校に入り、その後はそれぞれの資質に合った国家機関で働く。

訓練校も、そのあと暮らした共同施設も居心地はよかったが、蓮は普通の社会生活に憧れがあった。

刺激に弱いセンチネルが自分から外に関心を持つのは珍しいと言われ、守秘義務遵守《じゅんしゅ》の観点から難色を示されたが、保護一辺倒もよくないのではないか、と担当職員だった鮎川が掛け合ってくれて例外的に総合型選抜のある高校の入学許可がおりた。

　そのころにはもう臨場要請に応じて鑑識活動をしていたから結局あまり通えなかったが、蓮はそこで吉積と出会った。

　吉積佑は一年の生徒の中でひときわ目を引く長身で、生のエネルギーが制服を着ているようだった。身体も大きいが声も大きく、笑うときはちょっと上を向く。

　一目でピンときたものの、一般人にガイドは頼めない。

　一度だけ、彼と身体接触を試みることに成功した。保健室で握手してもらい、強い「引き」を感じた。

　当時も合うガイドが見つからないことに悩んでいたから、高校に行くたびつい彼を探してしまい、なかなか諦めがつかなかった。

　吉積君が国家公務員、それも警察か自衛隊に入ってくれたらな――と儚い希望を持ったけれど、まさか本当になるとは思っていなかった。

　データベースで彼の名前を見つけたときは目を疑った。

　生年月日や経歴を調べ、警察学校まで足を運んで間違いなくあの吉積だ、と一人で興奮した。

　技能者適任申請を出して、蓮はずっと彼が特殊部に異動になるのを待っていた。

夢にまでみた、自分のガイド。

一年規定の縛りが解けて吉積に異動がかかったと聞いて、嬉しさのあまり勇み足で会いに行ってしまった。

火災現場で警察官の制服を着ていた吉積は、高校のときよりさらに格好よくなっていた。堂々とした長身に、動じない言動。

その上、彼は予想していた以上にガイディングが強かった。

正式に異動でやってきた吉積と透過視認をやってみて、その圧倒的な安定感にくらくらした。

本物だ。

やっと本当の自分のガイドに出会えた。

あとは彼とセックスして絆を作ることさえできれば完璧だ、自分の持っている能力を限界まで使い切れる。国家のために役立つ人材になれる。

そう思い込んで先走り、ばっさり拒否された。

「恋人いないって言ったじゃん。別に減るもんじゃなし、ちょっと試してくれたっていいのに…」

ぶつぶつ独り言を呟きながらシャワーを浴びて、吉積から報告がいく前に自分で鮎川に報告しなくちゃ、と考えてまたため息をついた。せめてもの慰めは、彼がガイドを続けると言ってくれたことだ。

「あーあ！　あーあ！」

鏡の中の見飽きた顔にむかついて、ついでに前髪が鬱陶しいので適当にハサミで切った。洗濯が追いつかなくてもう新しいシャツがない。買い置きのシャツを見つけて羽織り、髪はそのうち乾くだろう、とタオルドライだけで家を出た。

「あ、またゴミ忘れた」

蓮の日常はいつもこんな感じだ。

公共交通機関は神経過敏が辛いのでできるだけ避けるようにしていて、マンションを借りるときも庁舎から徒歩圏内なことを最優先にして選んだ。

早朝の官庁街は、徹夜明けの職員と出勤してくる職員が入り混じっている。身分証のセンサー反応でオートゲートをくぐると、エントランスはがらんとしていた。電子案内板はまだ稼働していないし、夜勤職員があくびまじりに自販機を使っている。

気の重い報告があるときはさっさと怒られよう、と早めに出勤したが、さすがにちょっと早すぎたかもしれない。

「中条さん」

「えっ、あっ」

ゆっくり鑑識フロアに向かっていると、後ろからきびきびした足音が近づいてきて、声をかけられた。

「おはようございます」

いきなり吉積と顔を合わせるとは思っていなかったので、心の準備ができていなかった。

「おっ、おはよう…」

「ずいぶん早いんですね」

昨日はごめん、と謝る前に吉積がごく普通に続けた。

「う、うん。吉積君も」

「俺は乗り継ぎまだ慣れてないんで、ちょっと早めに出てるんです」

一応許してはくれたが、しこりは残るだろうと覚悟していた。が、吉積のほうは案外普通だ。どうやら本当に水に流してくれたらしい。

「その髪、どうしたんすか」

ほっとして、癖で短くなった前髪をかきあげると、吉積が気づいた。

「なんか鬱陶しいから切っちゃった」

「自分でやったんすか？　すげえ適当ですね。中条さんでなかったら相当やばいことになってますよ」

「そうかな？」

「顔がよくてよかったですね」

あまり自覚はないしどうでもいいが、センチネルはだいたい顔が左右対称で各部位は黄金比で配置されている。それを美形というならそうなのだろうが、蓮は吉積の顔のほうがずっと好きだった。はっきりした目鼻に大きな口で、大きな身体も相まって、単純明快ないい男だと思う。

ああセックスしたかったな、と性懲りもなく考えてしまう。

絆を作りたいというのが一番の理由だが、そうでなくても彼とならセックスしてみたかった。

「あの、吉積君」

こっそりため息をついて、蓮は声を少し落とした。

「昨日の報告は、おれが自分でするから」

「報告って、なにをですか？」

怪訝《けげん》そうに訊かれて、蓮のほうも戸惑った。

「なにって、おれがいきなりセックスしようって誘ったこと。あとから鮎川さんから確認されると思うけど、報告は俺がしとくよ」

「はあ？」

吉積が呆れた声を出した。

「別に、報告なんかしなくてもいいんじゃないですか？」

「え？」

「もうしないってことで話ついたじゃないですか」

あっさり片づけられて、びっくりした。

「いや、でも担当コーディネーターにはトラブルになりそうなことはぜんぶ報告しないと」

「そうなんですか？」

「なにかあったときに対処してくれるのは担当コーディネーターだから」

蓮にとっては当たり前のことだ。

「もしかして、鮎川さんにはプライベートなことまでぜんぶ報告したりしてるんですか？」

まさかね、というニュアンスで訊かれたが、担当コーディネーターに対してプライベートという概念を持ったことがなかったのでぽかんとしてしまった。蓮の反応に吉積のほうも変な顔をしている。

「まあいいや。そういう決まりなら鮎川さんに報告でもなんでもしてください」

いつの間にか戸口のところで足を止めていた。吉積が気を取り直したようにセンサーにタッチしてドアを開けた。

「中条さんはただ絆《ボンド》とかいうのを結びたかっただけなんでしょう？」

「え？　う、うん」

「キスと人工呼吸は意味が違うって感じですかね。報告するかどうかはお任せしますけど、た。

とにかく俺はもう気にしてないんで」

吉積はそのまま自席に向かったが、蓮はどうしてか足が動かなかった。

キスと人工呼吸は意味が違う――今聞いたばかりの吉積の言葉が、心の中で反響していた。

どういう意味だろう？

自分の考えているセックスと、一般の人が捉えているセックスは意味が違うということ？　たぶんそうだ。

過敏すぎる五感をコントロールするのに脳のリソースを使うため、センチネルは情緒面の発達が遅いと言われている。だから一般の人の物事の捉え方とずれてしまうことがよくあった。

吉積は自席で大きな身体をかがめて、ちまちまキーボードを打っている。蓮も吉積の斜め前の自席に座り、パソコンをたちあげて吉積にチャットを送った。

〈今日は午後から地下のA2で訓練するから、ビジョントレーニングの教本読んどいて〉

少しして了解、と短く返って来た。パソコンから目を上げて吉積のほうを見たが、吉積はモニター画面に集中していてこっちを見てはくれなかった。蓮はデスクに肘をつき、彼の「了解」に指で触れた。

絆を結ばなくても、彼とたくさん訓練を重ね、現場で経験を積めば、きっと今より能力は上がる。そしたら残像視認もできるようになるかもしれない。

希望が胸に満ちてきて、蓮は小さく息をついた。

母は特別捜査官として重大事件を何件も担当し、力を使い尽くしてから逝《い》った。自分もそうなりたい。

役に立たないセンチネルは生きている意味がない。

蓮はもう一度吉積のほうに目をやった。

いつか彼の役にも立てたらいい。

5

玄関の床一面に血が流れ、血痕は壁面のクロスにまで飛び散っていた。生々しい血の臭いに、吉積が顔をしかめた。

「大丈夫？」

ビーチサンダルの足にシューズカバーをはめながら、蓮は肩越しに吉積を見やった。

「血の臭いってこんなにするんですね。知らなかった。中条さんは臭いは平気なんですか」

「視覚以外は鈍麻させてるから大丈夫」

それに現場の臭いには慣れている。関係者用の腕章をはめながら、さすがの吉積も神妙な顔をしていた。

「うわ」

玄関から現場のリビングに入ると吉積が小さく声を上げた。

すでに被害者は救急搬送されたあとだが、グランドピアノの前に血溜まりができている。失血量から、被害者が一命を取り留める可能性はきわめて低そうだ。

「玄関で刺されて逃げ込んで、ここで倒れたって感じですね」

吉積が小声で言った。去年から同じ手口の強盗殺人が同一エリアで続いていて、犯人はまだ捕まっていない。

吉積と組んでひと月ほどが過ぎ、臨場要請がかかったのはこれで三件目だった。

初回はあて逃げの現場検証、前回は空き巣被害の現場捜査で、同行研修のようなものだった。が、今回は違う。

「連続強盗殺傷事件、同一エリアでまた住民が刺されて救急搬送されたそうだ。要請がかかってる。すぐ行ってくれ」

地下施設でビジョントレーニングをしているときに鮎川から直接指示が出た。

吉積が異動してきた当日の顛末は、鮎川に報告してきっちり怒られた。

「いきなりそんな真似をして、自分で信頼関係ぶち壊してどうする」

本当にその通りだ、と蓮はかなり反省した。以降は仕事以外で絡まないよう自重している。

吉積のほうは何事もなかったようにガイディング講習を受け、そのあとの適性検査も問題なく通って正規技能者として登録された。

「それにしても、これはひどいすね」

血を吸った絨毯《じゅうたん》に吉積が呟いた。

予想はしていたが、やはり吉積は肝が据わっている。過去に組んだガイドは全員、初めての殺傷事件では怖気《おじけ》づいてほとんど役に立たなかった。吉積も凄まじい血の量に眉をひそめてはいるが、そこまで動揺することもなく現場の様子を観察している。

「特殊部鑑識課、中条です」

作業をしている鑑識職員の間に、スーツの男が二人いる。蓮はポケットから身分証を出して名乗った。

「同じく吉積です」

「ああ、どうも」

刑事課の二人が目でうなずき合ってからこちらに向き直った。

「去年からの連続強盗事件の流れだということで、班長が特鑑さんにも要請をかけました。よろしく」

閑静な住宅街は昼前にもかかわらず、すでに騒然としていた。リビングの窓から警官が野次馬に対処しているのが見える。

「では、失礼します」

一応手袋もはめたが、本当はそんなものは必要ない。

常人の視覚では捉えられない遺留物や残存資料を捕捉するのが蓮の仕事だ。現場に出ても一見ただ状況を眺めているだけにしか見えず、あとから「視認情報」を出してくる不可解な連中——と思われている。

光の加減を勘案して、戸口の前に吉積と並んで立った。

鑑識職員がちらちらとこっちを気にしている。刑事も注視している中、吉積は「いいすよ」と囁いた。このひと月でガイディングの技術は完全に体得していて、すっと意識がホールドされるのを感じた。蓮は細く息を吐いて集中した。

「いくよ」

視覚野をフルオープンして、リビング全体をスキャンする。

細微な視覚情報を取り込むのにほとんど力を使わずに済むのは、強力なガイドが意識をホールドしてくれているからだ。戻ることを考えずにただ集中できる。蓮はソロでも活動できるが、負担感がまったく違った。

「——ピアノ、鍵盤《けんばん》の中…布の端に繊維《せんい》が付着してる。ドアノブに残ってる指紋と同じものが窓枠の外、内じゃなくて外にもある。微量の唾液と血液。カーテンとカーペットの裏、これも繊維」

室内での遺留物探しは視覚優位センチネルの得意分野だ。逃走した犯人にあてはまりそうなものだけをピックアップして視認情報をデジタル端末に吹き込みながら視認していく。

「キッチン、なし。階段下、毛髪と唾液。二階から上はなし」

鑑識が見落としそうなものだけを拾って、屋外は十メートルだけ視認した。

「車かな」

門扉のあたりからふっつり痕跡が消えている。車を乗りつけていたか、仲間が拾いに来たかだ。

「緊急配備検問で規制線を張っています」

様子を見ていた刑事が蓮の推測を聞き取って答えた。これ以上はなにも出てこないと判断すると、集中が切れた。それを感じ取って吉積もホールドを緩めた。

「お疲れ様です」

「待って」

吉積にねぎらうように肩を軽く叩かれたとき、微弱な電流のようなものが走った。

「――」

目の奥が白く光る。意識せずゾーンに入ったのだと気づくより先に、窓の外の屋外物置を透過視認した。

「いる」

蓮は吉積の腕をつかんだ。物理的に触れるとさらに深くゾーンに入った。恐ろしいスピードで視覚情報が流れ込んでくる。

「いる？　誰が？」

吉積の声に、室内にいた全員がこちらを向いた。

窓のほうに一歩近寄り、蓮は庭の物置を指さした。透過視認がここまで楽にできることに驚いた。

「あそこ」

「えっ？」

「黒っぽいナイロンの上着でデニムの男」

「物置は先ほど中を確認しました」

刑事の一人が口を挟んだ。

「中じゃない、物置の向こう」

男は物置とフェンスの間に身体を折りたたむようにして隠れている。

「物置の裏か！」

刑事たちが先を争うように飛び出して行った。

「中条さん」

ぐっと引き上げられるような感覚に、蓮ははっと息を止めた。

「大丈夫ですか」

「ああ、うん…ありがとう」

吉積にホールドされて安心しきっていた。吉積に引き戻されて、やっとここまで力を使っていたのか、と気がついた。

吉積は確実に自分の能力を引き上げる。

「いました！」

「確保！」

窓の外から慌ただしい声がして、吉積も窓際に駆け寄った。蓮は全身から力が抜けて、壁にもたれた。

視認した男にはまったく血がついていなかったから、下っ端の見張り役で置き去りにされたというところだろう。男の着ていたナイロンのパーカーの留め具まで視認できた。

蓮は吉積の腕に触れた自分の手のひらに目をやった。勝手に視認が始まるのは初めての感覚だった。

毎日吉積とトレーニングエリアで訓練しているが、やはり現場は緊張感が違う。

少し前、同じ特殊鑑識課の内田一花が「追尾の最中に残響が聴けるようになった」と話してくれたのを思い出した。

「絆《ボンド》ができるとやっぱり違う？」

「そうみたい」

トレーニングエリアの休憩所で、一花ははにかむように微笑んで指先で髪を耳にかけた。蓮よりだいぶ年上だが、センチネルの例にもれず、彼女も情緒の発達が遅く、可愛らしい顔立ちも相まって年齢よりずっと幼く見える。

一花は本来、聴覚優位のセンチネルだ。

鑑識課では残留物視認や現場鑑識などで視覚が重宝されるので、普段は聴覚はあまり使っていなかった。でも残響が聴けるとなると話は別だ。

彼女は今のガイドと組んで長いが、ずっとただのセンチネルとガイドの関係だった。それがいつのまにか恋人になり、来年には結婚することになった。いわゆる「絆《ボンド》」ができてから、ソロの蓮とさほど変わらなかった実績がみるみる伸びていた。

「それで聴覚特化の許可貰ったから、強化指導受けることになったの」

「ほんとに？　いいなあ。残響ってかなり深くゾーンに入らないと無理だよね？」

「うん。最初ちょっと怖かった」

限界まで集中して「ゾーン」に入る感覚だけは、同じセンチネルでないとわからないだろうと思う。

鋭い硝子の欠片のような感覚情報の渦に飛び込み、戻れないかもという恐怖と闘いながら深く潜っていく。ガイドの存在は命綱だ。

「中条君もそのうち残像視認できるようになるよ」

一花がなんでもないように言った。

「中条君はもともとの能力高いし、合うガイドが見つかったんだから」

「そうかな?」

残像視認は、文字通り残像を視る能力で、ある意味「過去を視る」能力だ。残響とともに、センチネルの究極の能力と言われている。

ただし負担が大きいので、ゾーンアウトの危険性も高くなる。蓮の母親も、犯人追尾の残像視認でゾーンアウトして亡くなった。

「こないだトレーニングエリアで吉積君に頼んで試しにやってみたけど、ぜんぜん」

「現場で試してみれば?」

「え、いきなり?」

「訓練だとどうしても思い切りゾーンに入れないでしょ。あたしが残響聴けたのも、現場で犯人追尾してててとっさにやったときだから。とっかかりさえつかんだら、あとはトレーニングでだんだんできるようになるよ」

万事におっとりしている一花に言われると、簡単にできそうな気がしてくる。

「でも、一花さんみたいにガイドと絆結べてないから、おれは」

　そこが大きな違いだ。

「ん…そうか」

　とたんにまた一花がはにかんだ。

「やっぱりそれだよね？」

「まあ、そうね。たぶん」

　ガイドとの信頼関係は努力でどうにかなるものではないし、ましてやコントロールできるようなものでもない。そもそも因果が逆で、性関係を結ぶほどの信頼があってこその能力向上なのかもしれない。

　それでもセンチネルの実感や経験則から「絆」という隠語が生まれているのは間違いなかった。

　いきなりセックスしたって信頼関係が築けるわけないでしょう、と吉積に言われて納得したが、それでも今より確実に能力は上がるんじゃないかと考えてしまう。

「中条さん」

　やっぱり一度でいいからセックスしてみたい…、と不埒なことを考えていたので、吉積に肩を叩かれてびくっとした。

「大丈夫ですか」

「あ、ああ。ごめん」

「もう行っていいそうですよ」

吉積が忌々しそうに振り返った。いつの間にか鑑識が作業の片づけを始めている。窓の外では黒い服の男が警官に左右からぴったり捕捉されてうなだれていた。

「臨場要請かけといて、用が済んだんならさっさと帰れって態度、なんなんすかね」

吉積が腹立たしげに呟いた。

「だって、もうすることないでしょ」

吉積がなにを怒っているのかよくわからず、蓮は首をかしげた。

「中条さんが視認しなかったら取り逃がしてたかもしれないのに」

「いつもこんなだよ」

特殊課はあくまでもイレギュラーな存在だ。物理鑑識の補助をするという名目で現れ、彼らの見落とした遺留物を残らず拾い上げる。ありがたいが鬱陶しい、というのはわからなくもないし、蓮はとくになんとも思わない。

「おれは役に立てたらそれでいいし」

「本当にお人よしだな」

吉積が呆れたように笑った。

そういう吉積も、蓮から見るとずいぶん人がいい。

「大丈夫すか」

シューズカバーを取ろうとして手間取っていると、ひっかかっていたビニールを吉積が取ってくれた。

「ありがとう」

「そっちは人多いからだめです、こっちから行きましょう」

家の門扉のほうに行こうとした蓮に、吉積は裏口を指した。

「敷石に気を付けてください。サンダル滑りやすいですよ」

軽く背中に手を当てて誘導してくれるのは、この前も駅の階段で転びそうになったからだ。自分でも万事に危なっかしいのは自覚している。ほぼ毎日行動を共にするようになって、吉積は自然に先回りして注意してくれるようになった。

「鮎川さんにセンチネルをケアするのもガイドの仕事のうちって指導されてますから」

というのが吉積の言い分だ。

「おれのこと、どんくさいと思ってるよね？」

「まあ、なんもないとこでつまずくのはどういうことだろとは思ってますね。鈍さで言えばうちのじいちゃんみたい」

「そこまで言う…？」

「俺、友達もみんな運動神経いいやつばっかりだから逆に新鮮ですよ」

ずけずけ言われるのには慣れてしまった。そのぶん吉積はおおらかで、多少のことは流してくれる。かつ笑ったり怒ったり、感情をはっきり出すし、言葉にもする。そういうところも人の心の機微に疎い蓮にはありがたかった。

野次馬を避け、家の裏に停めていた鑑識課のマークがついた軽に乗り込むと、蓮は助手席で鮎川に報告を入れた。

「直帰の許可出たよ」

十月も終わりにさしかかり、ずいぶん日が落ちるのが早くなった。六時を過ぎたところだったが、もう街灯が白っぽい光をつけ始めている。

「中条さん、このあとなにか用事ありますか？」

吉積も誰かと電話をしていて、スマホを耳から離すなり訊いた。

「えっ、ないよ。ぜんぜんない」

もしかして食事にでも誘ってもらえるのだろうか、と蓮は前のめりで返事をした。

セックスしない？　と軽率に口走った自主ペナルティで、あれからずっと蓮はプライベートで彼を誘うのを我慢していた。早めに訓練が終わったときなど、ちょっと帰りにご飯でも、と何度か誘いかけたが「次はないですから」という宣言を思い出すとすぐに調子に乗る自分のことが信じられなくて断念した。

でも吉積のほうからの申し出なら喜んでついて行く。

約束通りセックスしようと誘うのはきっぱり止めたが、蓮はひそかにどうにかして彼の恋人にしてもらえないだろうか、という新たな野望を持つようになっていた。

あのとき吉積は「俺は頭がシンプルにできてるんで、セックスするのは恋人とだけです」と言った。つまり恋人になれたらセックスできるということだ。

問題はどうやったら恋人になれるかだが、これにはまだうまい考えが浮かんでいなかった。一番の問題は彼がゲイではない、という点だ。このハードルは高い。

「志摩さん…って、俺の交番勤務のときの先輩ですけど、今連絡があって、同じ団地であれから短期間に二回、続けてボヤがあったらしいんですよ」

吉積がまったく予想外のことを言い出した。

「田頭町団地、覚えてるでしょ」

「ああ、うん」

吉積が異動になったのが嬉しくて、様子を見に行ったあの公団だ。

「二回とも失火って判断になったらしいんですけど、もしかして誰かが火をつけてんじゃないかって俺も志摩さんも気になってるんですよ。そうなら早めに警告なりして止めさせないと」

和久井という彼の友人が放火疑いの火災で障害を負ったという経緯を考えれば、吉積が小さな火災事故にも敏感になるのは理解できる。

「今日は志摩さん非番だっていうし、今から現場見に行こうかって話になったんです。中条さんも同行してくれませんか？」

「おれ？」

「なにか気づくことがあるかもしれないでしょう。無理にとは言いませんけど」

「行く」

彼の頼みを断るという選択肢はない。

「現場ってこの前と同じ団地なんだよね？」

「そうです。この前は倉庫だったんですけど、今回は駐車場らしいです。駐車場で、ひと月に二回」

確かにいたずらで火をつけている可能性はある。

うまく渋滞を回避したので、団地に着いたのはまだ七時を少し回ったころだった。

志摩という巡査のことはあまり覚えていなかったが、公団について顔を見るとすぐ思い出した。今日は非番ということで、志摩はTシャツにワークパンツという格好で団地の入り口に待機していた。やや小柄だが鍛えた身体つきで、癖毛と丸い目に愛嬌がある。

「お疲れさまです」

路肩に駐車して、吉積が志摩に声をかけながら車を下りた。蓮もそれに続いた。

「中条さん、今日はわざわざありがとうございました」

単なる見回りの同行のつもりで来ていたので、志摩に礼儀正しく敬礼されて、蓮も慌てて苦手な敬礼を返した。

「で？　出火現場はどこなんですか」

「向こうのフェンス付近が月曜で、昨日がそこ」

志摩が入り口から中のほうを指さした。そのさらに向こうに同じようなフェンスがある。

「連続だし二度目ってことで、住民から直接消防に連絡が入ったんだけど、やっぱり小火《ぼや》で、自然鎮火してたから出動はなくて、あとから一応調査だけ入った」

「失火で決着したんですか」

志摩が納得のいかない様子でうなずいた。

「おまえと出動した倉庫の件で巡回増やしてたんだけど、若い奴らがこのへん夜たむろしてて、俺は遊びで火でもつけたんじゃないかと疑ってんだ。一週間で二回だぞ」

放火の証拠というのはなかなか見つからないものだし、煙草の吸い殻でも落ちていたら「失火の可能性あり」で落着してしまう。

「遊びでちょろちょろ火ぃつけて、重大事故になってからじゃ遅いんだ」

志摩の口調が厳しくなった。

「人の人生台無しにするかもしれないのに、そこまで考えてなかったとかいう想像力のないやつが多すぎなんだよな」

「志摩さんも部活つながりで和久井のこと知ってるんですよ」

吉積が横から説明した。

「あいつが怪我で引退って聞いたときは本当に驚いたよなあ」

志摩がぼやくように言って「そこです」とフェンスをライトで照らした。公団の敷地と駐車場を隔てる網状フェンスで、この前の倉庫と場所的には二百メートルほどしか離れていない。

「ここは子ども会の資源回収置き場で、燃えたのは紙資源です。回収日は月末なんで、月曜も木曜もたまたま誰かが捨ててった雑誌とかダンボールとかが燃えたみたいで、気づいた住民が見に来たときには自然鎮火しかかってたそうです」

ここしばらく雨続きで、付近の雑草が濡れていたために延焼も起こらなかった。

蓮は煤けたフェンスに触れ、周辺を見渡してスキャンする場所の四方の目印を目視した。視認の手順に従ってマッピングし、それから意識を集中してピックアップする情報を探す。

割れたアスファルト、コンクリートの車止め、ブロック片――家の中や見知った場所ではそうでもないが、こういう屋外でのスキャンはそれなりに気力がいった。

「どうですか？」

志摩が遠慮がちに声をかけてきた。

前回は複数の足跡や遺留物が引っ掛かったが、今回は特にそうしたものも見つからない。

「毛髪とか唾液とかまで視認する？　しても正式な鑑定はできないから意味ないと思うけど」

彼らが知りたいのは放火かどうかだろうが、残念ながら断定できるものはなにもなさそうだった。

吉積と志摩が落胆したように顔を見合わせた。

「ごめん、役にたてなくて」

「いや、失火だろうって一応結論も出てるんで」

志摩が笑顔で首を振った。

「防カメついてたら一発なんだけどな」

吉積が周囲を見上げて残念そうに言った。

「防犯カメラ…」

ふと、一花の「現場でやってみたら？」という助言が頭を過った。

もし残像視認ができたら、それはつまり究極の防犯カメラだ。

「無理だとは思うけど、ちょっとやってみたいことがあるから手を貸してくれる？」

蓮が手を差し出すと、このひと月ですっかり心得て、吉積が手を握った。え？　と志摩が目を丸くしている。

「いい？」

「どうぞ」

蓮はすっと息を吸い込んだ。

残像を視認する、というのはつまり過去を視るということだ。どうやるのか皆目見当もつかないが、ただかなり深くに潜らなければならないことだけは確かだ。

鈍麻させている神経を逆に尖らせ、集中する。嵐のような視覚刺激の中でビジョントレーニングの要領で残像を捉えられないかやってみた。

いつもは入らない深いゾーンにあちこち意識を突っ込んでは戻る。

「中条さん」

いつもより深くゾーンに入るのが伝わったのか、吉積がぐっと強く手を握った。物理感覚がホールドを強化してくれる。

蓮は思い切って視覚路を全開にした。

網膜と視神経が猛烈に稼働している。視索に到達すると刺激が脳の視覚前野へと送られ処理される。

線を残して流れる映像。色、光、視覚刺激の渦の中で、蓮は一瞬、今まで視認したことのないざらっとした映像を捉えた。

「あ」

頭の奥に閃光が走った。

霞《かすみ》のような映像が空間に垣間見える。

もしかして、と思った瞬間、激しく引き戻された。視野がぶれて意識が錯綜する。

「中条さん」

はっと瞬きをすると、吉積に肩を支えられていた。

「大丈夫ですか」

吉積は額に汗をかき、はあはあ息を切らしている。蓮は逆に呼吸を止めかけていた。そばで志摩が棒立ちになっている。

「うん、――ありがとう」

さっきの、粗い映像。ほんの一瞬捉えることができたあれが「残像」だろうか？　確証はないが、そんな気がする。

どのくらいゾーンに入っていたのか、体感では一瞬だったが、荒い呼吸をしている吉積の様子からはもう少し長く入っていたようだ。

「急にずしっときたから驚いて引きましたよ。なにか見えたんですか」

「ごめん、頑張ってみたんだけど」

「い、今の、なに？」

志摩が声を上ずらせた。

「急に空気がぴりっとして、二人とも目がイッちゃってるから焦った」

「すみません、驚かせて」

「もしかして今のが特殊技能ってやつ？」

志摩が妙にそろっと訊いた。

特殊部の実際については、よけいな憶測をよばないようオープンにはしていない。臨場要請がかかって現場に行っても、よほど深くゾーンに入るのでなければ傍目《はため》には特別なことをしているようには映らないはずだ。ただひとしきり現場を調べてあとから「提言」を出してくるおかしな連中、という認識で通っている。

「そうですけど、詳しいことは言えないんです。志摩さんも今の、黙っててくださいよ？」

「言わねえよ」

志摩はふーと息をつき、軽く頭を振った。

「それより、今のでなにかわかったのか？」

志摩の質問をそのままパスするように吉積がこっちを見た。蓮は少し迷って首を振った。ちらりと見えたあれは、いつのものかもわからないし、はっきり視認もできなかった。

「すみません、だめでした」

蓮が頭を下げると、志摩があわてて首を振った。

「放火かどうかなんて、直後に調べたってなかなか証拠出てきませんから」

「でもなんかは見えたんでしょう？」

いつもより深く潜ったという手ごたえはある。当然ガイディングしていた吉積にもそれは伝わったはずだ。

「いや、ちゃんとしたのは見えなかった。ごめん」

「そうですか…」

ようやく呼吸もおさまり、なんとなくみんなで煤けたフェンスを眺めた。

いつの間にかあたりはすっかり暗くなっていた。近くの国道を走る車もヘッドライトをともしている。

「なんか、急に腹減ったな」

「ですね」

志摩の提案で、国道沿いのファミレスに入ることになった。

本音を言えば吉積と二人きりがよかったが、志摩は吉積と仲がよさそうで、これはこれで新鮮だ。

二人はチキンステーキや鉄板焼きを頼んでいたが、蓮は小食の上偏食なので、慎重に検討してリゾットのセットを選んだ。吉積は「好き嫌いなくいっぱい食べる子」がタイプだ。いっぱい食べる、は無理にしても残すことは避けたい。

どうやったらゲイではない吉積の恋人になれるのか、皆目見当もつかないので、蓮はひとまず彼の「好み」に沿うよう努力することにしていた。いつになるかはわからないが、次に吉積が家に来たときのため、せっせとゴミも捨てている。

「へえ、二人とも陸上部だったんだ」

食べながらの雑談で、二人が同じ地域の陸上部出身という共通項で仲がいいのだと知った。

「吉積、高校入るなり俺の新人戦のときの記録あっさり抜きやがったんですよ」

「そのあとすぐ志摩さんも更新したじゃないですか」

「そんでまた夏におまえが抜いた！」

高校は違っていても、合同練習や試合でしょっちゅう顔を合わせて面識ができるらしい。

「部活って、楽しかった？」

「楽しいばっかりじゃないですけどね。練習キツいし」

「けど部活はやっぱ青春ですよ」

蓮の質問に、吉積は顔をしかめ、志摩は懐かしげに目を細めた。

「たとえば、どんな？」

蓮が訊くと、二人でいろいろ楽しそうなエピソードを話してくれた。

「けどまあ、結局俺も吉積も大学はエンジョイのほうに流れたんですけどね」

「スポーツは楽しんでこそですよ。極めるのはもはや修行だからそっちは和尚に任せようってことで。そういや俺、和久井に頼まれて今度ハードリング指導に行くんです」

　吉積がふと思い出したように言った。

「え、吉積もしかしてコーチやんの？」

「いやいや、俺はただの助っ人です。コーチは和久井。志摩さん知らないと思いますけど、和久井の弟も北高で、今陸部のキャプテンやってるんですよ。その縁で引き受けたって」

「へえー、よかったな。あいつなら指導者向いてるだろうしな」

「今年はインハイ路線は地区止まりだったんですけどね」

「それもまた青春ってやつだね」

　二人とも、未だにちょくちょく後輩の試合の応援に行っているらしい。

「いいなあ、部活とか憧れる。おれは出席日数もギリギリだったからそういうのぜんぶ無理だったな」

「それじゃ今度一緒に行ってみますか？」

　なにげなくぼやいた蓮を、吉積が無造作に誘った。

「え、おれが行ってもいいの？」

「行ったら部外者でも問答無用でこき使われますけど」

「いいよ！」

「差し入れ持って行くんで、助っ人に来てくれたら助かります」

「行く行く！　差し入れ行く！」

吉積ともっと距離を縮めたいから、というのもあるが、それ以上に「高校の部活」に触れてみたい。

差し入れの意味もよくわからないまま飛びつくと、あまりの勢いに志摩が目を丸くし、吉積も小さく噴き出した。

「それじゃ来週行きますか」

「うん！」

吉積に同行できるのも嬉しかったが、別れ際に志摩が半分独り言のように言った「中条さんと吉積、すっかりバディて感じになったなあ」という言葉も嬉しかった。

「そりゃ、俺はこの人のガイドなんで」

吉積は当たり前のようにそう返していた。

6

晴れてよかったすね、と吉積に言われて見上げると、コンビニの屋根の上に飛行機雲が一本、たなびいていた。本当に気持ちのいい秋晴れだ。

高校の近くのコンビニで待ち合わせしましょう、と言われて、蓮はタクシーで乗りつけた。吉積はロードバイクで現れて一緒にコンビニで「差し入れ」のドリンクを買い、氷と一緒に袋に詰め込んだ。

楽しみすぎて、昨日はあまり眠れなかった。でもぜんぜん元気だ。

「重い」

「そりゃね」

両手にドリンクと氷の詰め込まれたビニール袋を持たされ、そこから高校までの緩い坂道を、蓮はよろけながら前を行く吉積について行った。吉積は自転車を押しているのでリュックに2リットルのボトルを三つほど入れただけで、楽々と歩いている。

「吉積君、ずるい」

「ずるくないです。こき使われるけどいいかって確認しましたよ？」

冷たく言い返されたが、通用門から駐輪場について、自転車を止めると半分持ってくれた。

「来たぞー！」

駐輪場からぐるっと校舎を回ると、グラウンドで十数人の高校生が基礎練習らしき運動をやっていた。

グラウンドに下りる階段の前で吉積が大声を出すと、一斉に「先輩ー！」と手を振ってくる。

「吉積」

朝礼台の前にいたトレーニングウェアの男が快活な笑顔を浮かべてこっちを向いた。あれが「和久井」だ、と見ただけでわかった。

筋肉質で大柄な吉積と違い、和久井は引き締まった痩身で、太い眉に頬骨が目立ち、決して男前ではない。でも聡明そうな目や穏やかな佇まいに、蓮は一目で好感を抱いた。

なるほど「和尚」だ。

「中条先輩ですね」

吉積が話しておいてくれたらしく、彼はすぐ蓮に向かって笑顔を浮かべた。

「今日はよろしくお願いします、コーチの和久井です」

「中条です」

自分がどこでも浮いてしまうことは知っている。部員たちにも一斉に注目されて、蓮は控えめに挨拶を返した。

「差し入れありがとうございます」

「ありがとうございますッ！」

和久井のお礼に、いいえ、と返そうとするとその前に部員全員に怒鳴るような大声でお礼を復唱され、たじろいでしまった。吉積が噴き出している。

「それじゃ、十分休憩！」

和久井が号令をかけた。マネージャーらしき部員が下級生に指示してドリンクを配り始め、和久井も「いただきます」と蓮に断ってからボトルを一本手に取った。

部員は朝礼台を囲むようにして数人ずつのグループになって休憩している。蓮は吉積と和久井がグラウンドと通路を隔てる階段に腰を下ろしたのに並んだ。

「なんで和久井が顧問みたいなことやってんの？　波田さんは？」

「先生は職員室で顧問会議。コーチはさっき家の用事で帰った。おまえに会いたがってたぞ。よろしく伝えてくれって」

「なら朝から来ればよかったなあ」

聞くともなく二人の話を聞きながら、蓮もボトルコーヒーのキャップをねじった。

高校には結局ほとんど通えなかったが、それでも校舎やグラウンドの景色がなんだか懐かしい。

「それにしても、中条さんと吉積が同僚って、すごい偶然ですね」

のんびりボトルコーヒーを飲んでいると、吉積の向こうから和久井が話しかけてきた。

「吉積、ちゃんとやってますか？　ご迷惑かけてないですか」

「なんでおまえが保護者面してんだ」

穏やかな和久井とからっと快活な吉積はいかにも親友という感じで、その会話に入れてもらえるのが嬉しい。

「まだ一緒に組んでそんなに経ってないけど、おれのほうが吉積君のおかげでいろいろ助かってます」

それは蓮の実感だ。

彼のガイディングがなければ残像視認を本気でやってみようとも思わなかったはずだ。

団地で一瞬垣間見えたのはやはり「残像」だったのではないかという気がして、あれから数回、吉積に協力してもらって地下施設で残像視認を試してみた。まったくうまくいかなかったが、それでも可能性は感じる。もし自由自在に残像視認ができるようになれば、公安の対テロ特殊課、あるいは自衛隊のほうに回してもらえるかもしれない。

もっと国に貢献したいし、そうでなければセンチネルに生まれてきた甲斐《かい》がない。

あともう少し深く潜ることができたらな——ともどかしくなるたび、頭を過る。

吉積君と絆を結ぶことができさえすれば、もしかして。

どうにかしてセックスしたいが、彼は恋人としかしない主義だ。

「先輩、差し入れありがとうございました！」

恋人にしてもらうのはやっぱり難しいよなあ、とまたいつもの思案をしていると、部員代表、という感じで短髪の部員がタオルで汗を拭きながら小走りでやってきた。すらっと手足が長く、清々《すがすが》しい顔立ちが目を引く。

「よー弟、調子どう？」

吉積が気軽に応える。

「ここんとこ伸び悩んでるんだよな」

弟、と呼ばれた部員が苦笑いをして、和久井が代わりに答えた。

「兄貴が指導に来るってやりにくいんじゃねえの？」

「いえ、種目違いますしそれはないんですけど」

どうやら彼は和久井の弟らしかった。切れ長の二重が魅力的で、兄とはぜんぜん似ていない。顔が小さく、ショートウェアから伸びる足はひざ下が長くて、なんの種目をやっているのか興味が湧いた。

「弟、はなにやってるの？」

彼をどう呼ぶのが適切なのかわからず、吉積に倣《なら》って「弟」呼びをすると、わずかに空白が開いた。

「自分はハードルです」

あ、またなにか変なこと言ったかなと思ったときに答えてくれた。

「吉積君と同じ？」

「はい。でも吉積先輩にはぜんぜん及びません」

和久井弟が憧れのまなざしで吉積のほうを見た。

「先輩、あとで見てくれますか？　なんかバランスとれなくて」

「あー、フォーム変えたんだっけ。部長は自分のこと後回しでいろいろ大変だよな」

「部長はやめてくださいよ」

弟が照れたように笑う。

「だって部長だろー？　全員一致で決まったって聞いたぞ。兄弟そろって立派立派」

吉積がばんばん弟の背中を叩いて、そこで蓮はやっと自分の失敗に気が付いた。こういう気安い関係あっての「弟」呼びで、初対面でいきなり真似をしたら戸惑わせてしまう。

またやってしまった、とがっかりしたが、こうして気がつくようになっただけでも進歩だ。

「和久井君、頑張ってね」

それじゃ、と行こうとする弟に声をかけると、今度はすんなり笑顔で会釈してくれた。

なるほど、今のは正解だった。

「インハイ、残念だったな」

弟が部員のところに駆け戻っていくのを見送りながら、吉積がややトーンを落として和久井に言った。

「四継でごたごたもめたって聞いたけど」

「大所帯だからな、いろいろある」

「まーなー、俺らのときもあったもんな」

「あったな」

トラブルも過ぎてしまえば懐かしい思い出になるらしい。それを共有して笑い合える友達がいる、というのはどんな感じなのだろう。二人の話を聞きながら想像してみようとしたが、うまくいかなかった。自分自身があまりにも特殊すぎるからだ。しょうがない。

「吉積先輩」

「お久しぶりです」

和久井の弟が挨拶に来たのを皮切りに、吉積のところには次々に後輩たちがやって来た。男子もいるが、圧倒的に女子で、先輩先輩、と賑やかにさえずっているのに和久井が苦笑していて、ああこれ吉積君モテてるんだ、と理解した。

こんなにモテるならいつ彼女ができてもおかしくないし、そうなればもうセックスしてもらえる可能性はゼロだなあ、と蓮は女子たちと気軽に笑い合っている吉積を眺めながらボトルコーヒーを飲み干した。恋人にしてもらうのも、やはり諦めるしかなさそうだ。

休憩が終わると、蓮はマネージャー部員とこまごました雑用をすることになった。漠然と憧れていた「普通の高校生活」を今になって体験できそうで、わくわくした。

選手登録用紙にタイムを記入していったり、備品の数を数えたり、マネージャー部員と楽しく協力しているうちに夕方になった。

「お疲れ様です」

吉積に声をかけられ、このあと幹部の慰労兼ねてみんなでメシ行くんですけど、とまた誘ってもらえた。

どういうポジションなのかわからなかったが「幹部」と聞くと高校生でもなんだか偉い人のように思える。和久井と和久井の弟、それに「幹部」の三人に吉積と蓮の大所帯で中華料理を食べ、そのあと高校生たちのリクエストで、一時間だけの約束でカラオケにも行った。

「わー…」

ドラマやアニメで見たのと同じだ、と蓮は物珍しくカラオケルームのベンチシートに腰を下ろした。

「中条さん、今日はありがとうございました」

高校生たちが向かいのシートでわいわい盛り上がり、隣に座った和久井が話しかけてきた。

半日彼の様子を見ていて、人格者、というのは和久井のような人間のことを言うんだろうな、と蓮はそんなことを感じていた。吉積も後輩たちに慕われているが、和久井の場合は尊敬されている。口数は少ないが、目配りが行き届き、ちょっとした言葉かけにも思いやりがある。蓮も何度か「疲れてませんか?」と声をかけてもらった。

「こちらこそ、部外者なのにおじゃまして。すみませんでした」

「とんでもない。差し入れもありがとうございました」

ストイックな風貌だが、笑うと柔和な性格が滲んで、一緒にいるだけで穏やかな気持ちになれる。それだけに、彼の足首からちらっとのぞいた赤黒い火傷の痕が痛々しかった。歩くだけなら気が付かないが、和久井は走るとわずかに右足の動きが鈍い。足首の柔軟性が足りないのだと蓮にもわかった。

怪我さえなければ実業団で活躍を期待されるほどの選手だったらしいのに、そんな挫折は微塵も感じさせない。根気よく後輩を指導している和久井を見ていると、放火犯に憤っていた吉積や志摩の気持ちにも自然に共感できた。

「雑用いろいろこなしていただいて、お疲れじゃないですか？」

蓮より年下なのに、物腰が大人だ。

「いえ、あんまり役に立たなかったと思いますけど、楽しかったです」

彼には自然に敬語になる。

「よければまた吉積と顔出してください」

「はい、絶対また顔出します」

誘ってもらえたのが嬉しくて意気込むと、和久井は一瞬目を見開き、それから「ぜひ」と笑った。

「あっ、もしかして今のは社交辞令でしたか？」

「いえいえ」

しまった、と思って確認すると、和久井が小さく噴き出して首を振った。

「本当に、ぜひまた来てください。それより中条さん、高校のときのイメージとぜんぜん違うぞって吉積から聞いてたんですが、本当に違いますね。もっと近寄りがたい方だと思ってました」

「よく言われます」

自分でも世間とのずれを感じるので、そう言われるのはしょうがない。

「和久井君は、想像してた通りです」

「和尚ですか？」

和久井が口元をほころばせた。

「よく言われます」

同じ返しをされて一緒に笑うと、自分が受け入れてもらえたような気がして嬉しかった。

和久井には誰のことも決して拒まない、という安心感がある。

いつの間にかカラオケが始まっていて、部員の一人がマイクを手に立ち上がった。

「おれ、カラオケって初めて来たんです」

蓮が言うと、和久井がちょっと驚いた顔になった。

「そうなんですか」

流行りの音楽もまったく知らない。

「だから、歌えないです」

「大丈夫ですよ。あいつらマイク奪い合って我先に歌いますから」

和久井が言い終わらないうちに、アップテンポの楽曲に伸びのある歌声が乗って、見ると「幹部」の女子がモニター前でポーズをとっていた。どうやら彼女は実力派らしい。マラカスやタンバリンでみんなが盛り上げている。

「それで、最後は吉積が締めるんで」

「そうなんですか？」

「期待しててください」

吉積はテーブルを挟んだ向こうで、和久井の弟となにか冗談を言い合っている。吉積が身体を反らせて笑いながら弟の背中を叩いて、飲もうとしていたドリンクを噎《む》せさせた。もう、と口を尖らせた弟に、今度は周囲も笑っている。

「仲いいんですね」

練習中も、吉積はずっと和久井の弟につききりで指導していた。同じハードル競技をしていたから当然なのかもしれないが、なんだか気になってちらちら見てしまった。

「弟ですか？　吉積、高校のころからよく家に遊びに来てて、弟とも話が合うみたいでよくゲームとか一緒にやってたんですよ。久しぶりなんで嬉しいんでしょう」

「へえ…」

突然、胸にじわっと嫌なものが湧いた。

これ、なんだろう？

重苦しくて、振り払いたい。

歌が間奏に入って、和久井の弟が吉積にまたなにか話しかけた。カラオケがうるさいらしく身体をくっつけ、耳元に顔を寄せている。今度ははっきり「嫌だ」と思った。

「あ」

蓮の視線に気づいたように、ふと吉積がこっちを向いた。目が合った瞬間、自分がやきもちを焼いていたのだと悟った。吉積はなにも気づかず、普通に笑いかけてきた。とたんに重苦しい嫌なものがとけていく。

自分の心の騒がしさに、蓮はびっくりした。吉積のちょっとした言動や反応に、感情が上がったり下がったりする。

「さあ、それじゃお待ちかねの吉積先輩オンステージ！」

和久井の言ったとおり、入れ替わり立ち変わりで何人かが歌ったあと、吉積が満を持して立ち上がった。わっと歓声が上がる。

「え？」

よっぽど上手《うま》いんだ、と期待して、蓮は首をひねった。最初は変な曲だと思った。なんだか不安定で、ねじ曲がっている。

一フレーズが終わってみんながどっと笑ったので、これは音程が違うんだとやっと気がついた。吉積は澄ましてマイクを握り直している。

「あいつどうしようもない音痴なんですよ」

隣の和久井が笑いながら教えてくれた。吉積はまったく気にせず、堂々と歌い上げている。

「久しぶりに吉積さんの歌聞いた！」

「伝説のバラードすごかった」

大笑いの中で歌い終わった吉積が得意げに両手を広げ、喝采《かっさい》を浴びたところで時間になった。

「中条さん、タクシーですよね」

カラオケを出ると、吉積が声をかけてきた。

「あ、うん」

和久井と一緒にあとから店を出ると、先にみんなと店を出ていた吉積が近寄って来た。

「タクシー乗り場、わかります？」

「うん、だいじょうぶ」

駅とバスロータリーは商店街の端と端で、タクシー乗り場もロータリーのほうにある。駅に向かうみんなとは逆方向になるが、まっすぐ行くだけだ。

「一緒に行きますよ」

吉積は自転車で、みんなに「じゃあまたな」と挨拶した。

「吉積先輩、また来てくださいね」

和久井の弟が名残惜しそうにわざわざ吉積の近くまで来て言った。

「おう、またな。次までに抜き足ドリルちゃんとやっとけよ」

「はい。ハードル意識しないってのが難しいけど」

なんの話なのかわからないが、吉積は自分と一緒に帰ってくれる。だから平気だ。

他の生徒たちとも挨拶を交わして、蓮は吉積と並んで歩き出した。

「和久井となに話してたんですか」

吉積が自転車を押しながら横目で訊いてきた。

「ずいぶん楽しそうでしたね」

「うん。吉積君のこといろいろ教えてくれたよ」

「俺？」

吉積が変な顔をした。

「和久井君の弟と高校のときから仲いいとか、カラオケいつも吉積君が締めるとか」

「…へえ」

「優しくて、ゆったりしてて、いい人だね」

「まあ、和尚なんで」

吉積がなぜか気が抜けたように笑った。

古い商店街は寂れているが、携帯ショップや和菓子屋、レトロな喫茶店などが並んでいて、そこそこ人通りもある。

「今日、楽しかった。誘ってくれてありがとう」

「俺の歌声最高だったでしょ」

吉積がいたずらっぽくこっちを見た。

「うん、すごい音痴だった。びっくりした」

蓮の感想に声を出して笑った。

「でも俺、口笛は音痴じゃないんですよ」

「口笛？」

「なんかリクエストないです？」

「えっと、じゃあ、オーバー・ザ・レインボー」

とっさに答えると、吉積が「どんな？」と首をかしげた。蓮は懐かしい古い楽曲を口ずさんだ。

「ああ、映画かなんかの劇中歌ですね」

吉積が蓮を追いかけるように口笛を吹き始めた。

「えっ、すごい」

一音一音が明瞭で、しかもすごく音が綺麗だ。溌剌《はつらつ》としたメロディが響いて、通り過ぎる人も思わず、というようにこっちを見た。

「なんで歌うと音痴なのに、口笛そんなに上手いの？」

一曲吹き終わった吉積にびっくりして言うと、吉積は得意げに顎を反らした。

「これ、俺の持ちネタなんですよ。今日は『音痴』で終わったけど、いつもは口笛披露《ひろう》するとこまでがセット」

「そうなんだ」

「それにしても渋い選曲ですね」

「オーバー・ザ・レインボー？」

「いい曲だけど」

「死んだ母さんがよく歌ってくれて、おれ、これ以外あんまり曲知らないんだよね」

吉積がわずかに目を見開いた。

「よく一緒に歌ったりもしてたんだけど、死んだのおれが小さいときで、だからちゃんと歌えるようになったのは死んだあと。さみしいときとか自然に思い出して」

吉積が少し黙り込んで、どうしたんだろうと思ったらまたオーバー・ザ・レインボーを吹いてくれた。

さっきよりゆったりしたメロディで、人の少ない商店街に気持ちよく響く。

「やっぱり上手い」

二回続けて吹いてくれたので、拍手でお礼をした。

「今度ちゃんと最後まで吹けるようにしときますよ。途中よく知らないから」

「ほんと？　ありがとう」

「――中条さんて…」

「なに？」

珍しく言い淀んでから、吉積がふっと笑った。

「中条さんって、本当に高校のときのイメージとぜんぜん違いましたね」

「おれは変だから、友達できなかったんだよね」

残念に思っていることを口にすると、吉積はまた少し黙り込んだ。

「中条さんは変じゃないすよ。まあ、ちょっと変わってるけど。俺は慣れました」

「そう？」

「よければまた混ざります？　誘いますよ」

「うん、ありがとう」

嬉しかったが、でもこうして二人だけで歩くのもいいな、と蓮は小さく口笛を吹きながら自転車を押している吉積を見やった。

「それじゃね」

名残惜しかったが商店街はもう終わりで、ロータリーのバス停留所とタクシー乗り場は閑散としていた。

「送ってくれてありがとう」

「タクシー来ますかね」

「アプリで呼ぶよ」

すっかり保護者のようになっている吉積に、蓮は笑ってスマホをかざした。吉積は自転車で、寮までは一時間くらいらしい。

「気を付けてね」

「中条さんも」

ヘルメットをつけ直すと、吉積は軽く手を振ってロータリーを回って行った。

ロードバイクが見えなくなると、蓮はスマホの配車アプリをタップした。が、マップに空車の表示はなく、呼んでもすぐ配車してもらえそうになかった。あまり来ないようなら商店街を逆戻りして電車で帰るしかないか、と蓮はひとまず配車依頼をかけてバス停のベンチに座った。まだ九時半を少し回ったところだが、人通りが少なくてまるで深夜のようだ。空車も配車もなかなか表示が出ない。

蓮はだんだん眠くなってきた。

センチネルは全般に疲れやすい。脳のリソースを普通の人より食うからだろうと言われている。今日はさらにいつもはしない労働をして、知らない人とたくさん話した。楽しかったので意識していなかったが、一人になって急に疲れが出たようだ。
どうせ急いで帰らなくてはならない理由もない。ベンチの背もたれに身体を預けて浅く座ると、ロータリーの上に星が見えた。
Somewhere over the rainbow way up high
There's a land that I heard of once in a lullaby
さっき吉積が口笛で吹いてくれたオーバー・ザ・レインボーを小さく口ずさみ、蓮は重くなったまぶたに逆らわず目を閉じた。
Somewhere over the rainbow skies are blue
And the dreams that you dare to dream really do come true
……さむうぇあ、おーばーざれいんぼう、すかいあぶるー、………どりーむ…ざっとゆー………
いつの間にか寝入っていて、中条さん、と誰かに肩を揺すられた。
「えっ、あ…？」
ほんの一瞬、どこにいるのかわからなくて混乱した。
びっくりして顔を上げると、吉積がいた。ヘルメットをつけたままで、心配そうに顔をのぞきこんでいる。

「あれ？　どうしたの…？」

「どうしたの、じゃないすよ。タクシーちゃんと呼べたかなってトーク送ったのに返事こないから、心配になって戻って来ちゃったじゃないですか」

信号待ちのたびにメッセージを送ってくれたのに、蓮はすっかり眠り込んでいて気づかなかった。

「ごめん、寝てた」

「しょうがねえなあ」

「えっ、もうこんな時間？」

体感としてはほんの少しの間だったのに、時計を見ると十時をだいぶ回っている。

「配車、サイン出てますよ」

「ほんとだ」

急いでタップすると「所要時間十分」で確定が出た。

「あ、でも吉積君どうする？」

悪いことをした、と反省していて気が付いた。寮の門限は確か十一時だ。

「うちに来る？　でも自転車あるよね」

吉積はうーん、と考え込んだ。

「もう門限ぎりぎりだし、外泊申請出すから泊めてください。自転車は明日取りに来ます」

言いながら、慣れた手つきでロードバイクを目立たないところに停めてチェーンをかけて戻って来た。

「あの、もう変なこと言わないからね。安心して」

前回の失敗を思い出して小声で誓うと、吉積はなんのことだ？　という顔になってから、ああ、と苦笑した。

「お願いします」

「掃除もしたよ」

「ほんとすか？」

半信半疑の顔をしていたが、マンションについて中に入ると、吉積は目を丸くした。

「すげえ、きれいになってる」

ゴミを捨ててひたすらクロスで拭き掃除をしただけだが、それだけで見違えるようにすっきりした。

「綺麗好きにはなれてないけど、掃除は毎日してる」

吉積が「きれい好きでいっぱい食べる子がタイプ」と教えてくれたので、その方向性で努力していた。

「好き嫌いは治ってないけど、頼んだ料理は残さないようにしてるし」

「なんの話ですか」

吉積が怪訝そうな顔になった。

「きれい好きでいっぱい食べる子が好きだって言ったよね？　吉積君と仲良くなりたいから、吉積君の好みに合わせようと思って頑張ってる」

説明すると、吉積が「ええ？」とびっくりしたように目を見開いてから笑った。

「そういやそんなこと言いましたね。でももう仲良くなってるじゃないですか」

「そう？」

「門限やばいから泊めてくれって頼むくらいには気を許してますよ」

そうか、と嬉しくなったけれど、できればもっと、和久井や和久井の弟のような距離感で仲良くなりたかった。

あわよくば恋人になりたい、そしたらセックスできて絆をつくれる、とひそかに狙っていたが、実際に女子に囲まれている彼を見たら諦めがついた。無理なものは無理だ。それならせめてセンチネルとガイドの関係で信頼を積んでいきたい。

うっかり変なことを口走らないように気を引き締めて、蓮は吉積がシャワーから上がって来ても目を逸らしていた。いい身体してるね、とかも言ったらだめだ。たぶん。

どっちがベッドで眠るかで、少し揉めた。

「部屋の主が床で自分がベッドって普通にあり得ないし、センチネルは疲れやすいからケアするようにって鮎川さんからレクチャー受けてます」

そう強く主張されて、しかたなくクロゼットから使っていない毛布やブランケットを引っ張り出して渡した。

「じゃ、おやすみなさい」

吉積はさっさと床に寝床を作り、遠慮のないあくびをしながらシーリングライトを消した。

誰かが同じ部屋にいて眠れるだろうかと不安だったが、やはり吉積は特別で、疲れやすい蓮はすぐ眠りに落ちた。イレギュラーなことがあった日にはよく夢も見る。

蓮はその夜、久しぶりに訓練校の予備施設時代の夢を見た。

まだ神経鋭敏がコントロールしきれていない、減薬過程の一番つらい時期だった。入眠前の半覚醒時が特に危なくて、なにかのきっかけで感覚刺激が襲い掛かる。

暴れて自傷に走るので、ベッドでは両手両足を拘束されていた。

辛くて怖くて、その半年くらいの期間の記憶はほとんどない。

それなのに、特に疲れた日には夢を見る。

身体中の血管に硝子の破片を流されるような鋭い痛み、ありとあらゆる感覚刺激、声を出すこともできない。

苦しい。怖い。

拘束された手足を必死でばたつかせ、必死で呼吸を繰り返す。

苦しい、助けて。

「中条さん」

もう嫌だ。助けて、助けて。

「中条さん」

「いや、もう——」

「中条さん、起きて」

肩を揺すぶられて、蓮ははっと目を覚ました。

「大丈夫ですか」

はあはあ息を切らしていて、頬が涙で濡れている。

久しぶりにこの夢を見た。

「ご、ごめん、ね」

「うなされてましたよ」

ベッドから起き上がると、吉積が心配そうにペットボトルを差し出した。一口水を飲むと、ほっとしてまた涙が溢れた。

「今日、知らない人といっぱい会ったからかな、——子どものころの夢、を見て……」

吉積はベッドの横にひざをついて、蓮の背中を軽くさすってくれた。

「怖くて、辛くて」

どうしてこんなふうに生まれついたんだろうと何度も思った。

視覚、聴覚、嗅覚、触覚、味覚、あらゆる感覚器官が異様に敏感で、外部刺激を脳が処理しきれない。

「鮎川さんから少しだけ聞きました。センチネルは幼少期の激烈期間を乗り越えるのが大変だって」

吉積がベッドに腰かけ、もたれるようにさせてくれた。

「落ち着きました？」

「うん……」

肩のところに額をのせると、またぼろっと涙が落ちた。吉積がそっと手を握ってくれた。大きな温かな手だ。

「ありがとう…」

「ガイド以外に触られるのはだめなんですよね」

「それも、合わないガイドはダメなんだ。不思議だよね。吉積君には触られたい…」

吉積の大きな手が、ためらいがちに髪に触れた。

「――気持ちいい…」

指が髪を梳《す》き、耳に触れる。心地いい。柔らかな指の動きにうっとりして、蓮は目を閉じた。

「もっと触って」

小さな声でねだると、吉積が身じろぎをした。

「触って」

試すように髪を撫でられると気持ちがよくてため息が出た。

「すごい、……気持ちいい…」

首筋をくすぐるようにされて、蓮は目を閉じたまま笑った。吉積も笑う気配がした。

「ちょっとくすぐったい…」

吉積が手を止めた。

「もっと触って」

すり寄って、握ってくれていた手をほどいた。

「もっといっぱい触って」

目を開けると、吉積と視線が合った。

不思議な熱のこもった瞳に、蓮はふっと惹き込まれた。

自分だけのガイドと、もっと繋がりたい。

髪だけじゃなく、他のところも撫でてほしい。

吉積の両手を取って、自分の首筋に当てた。

「絞めて」

なぜそんなことをして欲しくなったのか、自分でもよくわからなかった。あの一番つらい時期の夢を見たからかもしれない。

助けて——もう、終わりにして。

大きな手が、そうっと蓮の首を絞めた。

「あ」

ぞくりとなにかが背中を駆け下りた。怖い。力いっぱい首を絞められたら——怖いのに、甘美で、蓮は細く声を洩らした。

「——あ、あ、あ」

「中条さん」

親指に喉元を圧迫され、勝手に声が洩れた。

「——」

吉積が両手を首筋に滑らせた。

圧迫感が消えて、代わりに官能が身体の内側から湧き上がってくる。

鎖骨をたどり、乳首に触れる。指が粒を捕らえ、確かめるように押しつぶした。

「——吉積君……」

小さな粒をつままれた瞬間、欲情した。

「は、――」

これが欲望、と自分の中から湧き上がってくる情動に圧倒された。

欲しい。

彼が欲しい。

乱暴に顔を仰向かせられたと思ったら、唇がぶつかってきた。蓮は夢中で口を開けた。唾液と舌を受け止め、大きな身体を引き寄せた。ベッドに倒れ込むと、無言でシャツの前を開かれた。

「――…っ、う、……ん、あ――」

乳首を交互に吸われ、頭の芯が痺れる。

「もっと、――もっと、して…あ、…あ、あ…」

気持ちよくてたまらない。舐められ、吸われ、舌先でこねられて、蓮ははあはあ呼吸を乱した。

「中条さん」

上ずった声がして、激しく口づけられた。

口の中で舌がめちゃめちゃに動く。舌を探しているんだと気づいて、縮こめていた舌を差し出すと、濃厚に絡められた。

キスってこんなに激しいんだ、と蓮はかすみそうになる意識の端で驚いていた。

なにもかも初めてで、なにもかもが嬉しい。

大きな身体に押しつぶされて、慌ただしく着ているものに手をかけられた。蓮は脱がされることに協力しながら、彼の服も脱がそうとした。シャワーしたあと吉積に貸したスウェットの上下は、彼には少し小さくて、そのぶん脱がすのに手間取った。

「――くそ」

吉積がトレーナーを頭から抜くと、蓮は下着ごとスウェットパンツを下ろさせた。勃起した性器に、どきっとする。蓮自身ももう興奮しきっていた。

「うう……、ふ…っ……」

密着した素肌が生々しい。

「あぁ……」

「中条さん、声」

「え…?」

「声、やばい。歯止めきかなくなる」

吉積がなにを言いたいのかよくわからなかったが、頭の中が熱くなっていて理解できそうもなかった。

「もっと、いろいろして」

汗ばんだ肌や筋肉の動き、なにより力強く勃ち上がった性器に意識が奪われた。

「いいの？」

蓮は自然に彼を握った。脈打っている。

「してほしい」

目を合わせると、吉積がはあ、と息を吐いた。

「やばい」

「もう一回…」

「うん？」

「さっきの、もう一回」

キスして、乳首を吸ってほしい。もっと他にもいろいろしてほしい。

「やぁ……あ、――うぅ……」

どこを触られても、どこを吸われても気持ちがいい。

「ん、ぅ……、っ、は――あ、あ…っ」

耳の後ろから首筋を舌が辿る。勝手に身体がびくっと跳ねた。固くなった性器、汗ばんだ肌、舌、指、ぜんぶが生々しく、たまらなく感じる。

「中条さん」

「は、……っ、あ…」

何回キスしても足りない。もっとしたい。吉積の手が性器を握り込み、蓮も自然に愛撫していた。自分ですることもあったが、それは溜まったものを出すだけの行為で、単純明快な快感はあっというまに消えて、あとにはなにも残さなかった。

　吉積の手でもたらされる快感は深いところから湧き出てきて、同じことを彼にしている興奮と絡み合った。

　もっと繋がりたい、彼と一つになりたい。

　快楽を媒介にして、もっと深く、もっと密に。

「あ、あ…っ」

　精液の匂いがして、自分がいつのまにか射精していたことに気が付いた。なにかもが気持ちよすぎて、ぼうっとしている。

　吉積の手が奥を探った。

「入れてもいい？」

　荒い呼吸が耳にかかる。

「うん」

　入るのかわからなかったが、彼に指を入れられただけでそこが疼いた。物理的に繋がれると思うと身体中がそれを求めた。

「入れて」

「ゴムは？」

「ゴム？」

「俺、いま持ってないんですよ」

どこ？　と訊かれたが、蓮は首を振るしかなかった。

「ゴムって、コンドームのこと？」

「つけないとまずいでしょう？」

わからない。

「そのままでいいよ」

入るかもわからないし、経験がないからつけないとどう「まずい」のかもわからなかった。

吉積が迷う気配がした。

「ローションは？」

「ない」

こんなことになるとわかっていたら、ちゃんと調べて準備していた。

「そのまま入れて…、そのままでいい」

声が蕩けてしまい、吉積が喉の奥で唸った。

足を開いて、挿入しやすいように腰を持ち上げた。さっき蓮が出した精液が足の付け根に垂れる。吉積の喉がごくりと動いた。

「――」

太腿を押し上げるようにして、吉積がのしかかってきた。熱い塊が押し付けられる。蓮は息を呑んだ。

「あ、——」

いっぱいに広げられ、押し込まれる。

「痛い？」

「——う…」

痛い。怖い。でも嫌な痛さではなくて、怖いのも期待を孕んでいて、蓮は首を振った。

「中条さん、——大丈夫…？」

頬や額にキスしながら、吉積が苦しそうな声で訊いた。

「うん、ん……入ってる……？」

「ちょっとだけ」

自分の身体の中に、熱く脈打つものが入り込んでいる。

「俺、ここ使うセックスってしたことないんですよ」

息を切らしながら、吉積が心配そうに言った。

「おれ…、も、ない…よ」

「えっ？」

「だ、からおれも、よ、よく…わ、からな…い」

吉積が慌てたように身体を引いた。

「ちょっと待って、もしかして、初めてなんですか？」

「うん、キス、とかもし、…したことなかった。気持ち、…よかった」

またしたくなって、蓮は吉積の頭を引き寄せた。唇から戸惑いが伝わってくる。

したことがないって言わないといけないことだったんだろうか、と心配になったが、自分から舌を差し出すと舐めてくれたのですぐまた夢中になった。

キスは気持ちいい。すごくいい。知らなかった。

唇も、舌も、口の中ぜんぶが性感帯だ。

彼と快感を共有している。繋がっている。性行為で生まれる関係が確かにある。

「――ん、う、ん、…っ、はあ、――……うぅ…」

両手で彼の顔を挟んで、口の外に舌を出して絡め合った。ものすごくいやらしいことをしているようで興奮する。

「中条さん」

舐めるのも好きだ。

唇を合わせたり離したりして舌を絡めているうちに、別の欲求に突き動かされて、蓮は身体を起こした。

「あ、なに――」

さっき吉積にしてもらったように乳首を舐めたいと思ったのに、起き上がって彼の隆起したものを目にしたとたん、口いっぱいに唾液が溜まった。

「中条さん」

かがみこんで、先端に口づけた。とろっとしたものが唇に触れ、舌を出して舐めとると、吉積の腹筋がぎゅっと締まるのがわかった。

「う、わ……」

指で輪を作ってしごきながら、歯を当てないように大きく口を開けて呑み込んだ。彼の感じている快感が、舌や唇を通じて流れ込んでくるようだ。

荒い息遣いに興奮が募り、蓮は初めての行為に夢中になった。

「――やばい、もう…」

蓮の髪を探っていた吉積の指に力がこもった。

「離して」

「あ」

無理やり口を離させられた、と思ったときに生ぬるいものが顔にかかった。

「ごめん」

びっくりしたが、吉積も慌てて近くのティッシュボックスをつかんだ。

「ありがとう…」

口と顎あたりに精液が垂れていて、手で拭いながらティッシュボックスを受け取ろうとした。

「なに…？」

「い、いや」

蓮の顔を見て固まっていた吉積が、はっとしたようにティッシュを何枚も引き抜いた。

「目にかかってない？　大丈夫すか？」

「うん」

それより興奮が収まらない。蓮は吉積の手を取って自分のものを握らせた。痺れる快感に目を閉じると、自分と彼の境界が溶けてしまいそうだった。

「――…っ、は、あ…ァ」

またキスをしながらしごいてもらって、ものの数分で射精した。

「――――」

汗だくで、はあはあ息を切らしながら吉積の逞しい身体にぎゅっと抱き着いた。密着したところから溶けあっていくようで、ああ絆ってこれなのか、と理解した。欲望をまっすぐぶつけ合い、性愛で繋がる。

「シャワーしないと…」

快感の余韻がすごくて、力が抜ける。ずるっとベッドに沈み込むと、吉積も横に転がった。

「中条さん」

「ん？」

「初めて、だったんですか」

吉積が妙にそろっと訊いてきた。

「うん。もしかして、そういうの言わないといけなかった？　ごめん、知らなかった」

「いや…」

困ったように眉を寄せている。

「ごめんね」

彼は恋人としかセックスしない主義だ。

だから恋人になりたかったし、恋人にしてもらえる前にセックスしようと持ちかけてはいけない、とちゃんと学習していた。それなのに、なし崩しにセックスに持ち込んだ。

「なんで中条さんが謝るんですか」

吉積が戸惑ったように瞬きをした。

「恋人じゃないのにセックスするの、ほんとは嫌だったよね？　おれは吉積君と絆《ボンド》つくりたかったから嬉しいけど」

申し訳ない。でも彼と性愛で結ばれたことがどうしようもなく嬉しかった。一度セックスしただけなのに、確実になにかが変わった気がする。

「これが絆なんだ」

噛み締めるように呟くと、吉積がじっと見つめた。

「人工呼吸とキスは違う、ってやつですか」

「え？　ああ、うん」

たしか前にも同じことを言われた。意味がわかるようでわからなかったが、蓮は曖昧にうなずいた。

「うーん…ならいいのか…？」

吉積がごろっと仰向けになってうなった。

「顔洗ってくるね」

なにか悩んでいるふうだったが、ようやく呼吸もおさまって、蓮は全裸のままバスルームに向かった。パネルスイッチでシャワーの湯温設定をしながら鏡に映った自分に目をやる。

センチネル特有のどこか焦点の甘い目が、今は内側から輝いている。頬が上気して、我ながらわかりやすい。

吉積にとっては不本意なアクシデントだっただろうが、でも頼んだらまたしてくれるかもしれない。今度はちゃんと中に入れてほしい。中に……。

想像したらまた熱くなってしまいそうで、蓮は湯温を少し下げた。

交代でシャワーをして、清潔なシーツに変えて、今度は一緒にベッドに潜り込んだ。吉積はなし崩しにセックスしてしまったことを悔やんでいるようだったが、蓮がうきうきしているのにつられた様子で、まあいいか、と切り替えてくれた。

「明日休みでよかったね」

時計を見るともう三時を過ぎていた。

「そういや、中条さんは休みの日っていつもなにをしてるんですか」

「べつに、なにも。だいたい寝てる」

用事を少しして、あとは退屈しながらぼんやりと無為に過ごす。緊急要請がかかると嬉しいくらいだ。

「だから今日、楽しかった。吉積君の口笛も聴けたし」

「オーバー・ザ・レインボー？」

吉積が声を出さずに笑った。

ベッドでこうして毛布にくるまって、こそこそ話をしているのも楽しい。

「確か、中条さんのお母さんもセンチネルだったんですよね」

「うん。母さんもガイドが見つからなくて苦労してた」

そしてゾーンアウトして一年かけてゆっくり死んだ。父親がサインをして延命処置を終了させたというのはずいぶんあとから知った。

ゾーンに深く入り込んで、戻れなくなった状態がどんなに苦しいか、蓮はあまり考えないようにしていた。蓮はもともと平均的なセンチネルよりゾーンに入りやすく、そのぶん自力で戻る力も強い。母親も同じで、高い能力に合うガイドが見つからず、ずっと単独活動をしていた。

お別れのときのことは今でもときどき夢で見る。

おまえは合うガイドを見つけろ、と両親はいつも同じことを口にしていた。

「中条さんのお父さんは、どうしてるんですか?」

少し黙り込んでから吉積が訊いた。

「母さんが死んでちょっとしてから、事故で死んじゃった」

酔って、ビルの階段から転落して亡くなった。でも蓮はほぼ自殺だと思っている。

「おまえはちゃんと合うガイド見つけろって、わざわざ電話してきてね、おれはそのとき訓練校の宿舎にいたから」

吉積が身じろいだ。毛布の中で手が触れて、蓮がそっと触ると指を握ってくれた。

「あのさ。またセックスしてくれる?」

恋人になりたい、と思っていたのは彼とセックスしたかったからだ。セックスしてくれるのなら恋人になるのは諦めてもいい。

吉積は少し黙り込んだ。

「だめ？」

吉積は喉の奥でうなってから、はあ、と息をついてごろっと仰向けになった。

「中条さんがいいなら、まあ…いいのかな」

「ほんと？」

どこか迷うような声だったが、蓮はテンションが上がった。

「よかった、嬉しい！　ありがとうね」

「そもそも中条さんはゲイなんですか？　前は相手の性別は気にしない、って言ってましたよね」

「うん」

あまり深く考えたことはなかったし、そもそも蓮にとってセックスは「絆を結ぶ」行為だ。

「でも吉積君のことは高校のときからかっこいいなっていつも見てたから、ゲイなのかもしれない」

「え？」

セックスしたい、と思ったのも彼だけだ。

吉積が顔を上げた。

「でもゲイなら万が一でも子どもはできないから、よかったな」

「どういう意味ですか？」

「センチネルは遺伝性だから、もし生まれてくる子がセンチネルだったら可哀想じゃない？　でもまあ必ずしも自分の子どもに遺伝するとは限らなくて、一花さんはおばあちゃんの兄妹にセンチネルがいたんだって。だから母さんも思い切っておれを産んだんだと思う。母さんも父さんも、家族が欲しかったから」

　母親はセンチネルの家系で親族の縁が薄く、父親のほうは児童養護施設出身で、どちらも普通の家庭を知らなかった。

「でも結局おれがセンチネルだったから、あんまり一緒には暮らせなかったんだよね」

　だから蓮も普通の家庭を知らない。吉積が寝返りを打って蓮のほうを向いた。そうしてもいいような気がして、蓮は吉積のほうに身体を寄せてくっついた。

「それは…寂しいですね」

　吉積が小声で言った。

「うん」

　吉積は家族仲がよさそうだ。たまに「実家から大量に送ってきたんで」と果物を配ったりしているし、雑談でもよく家族の話が出てくる。

「でもセンチネルは人の役に立てるからね。吉積君と絆もできたから、これからもっと訓練して、能力限界まで上げて、国を守るような仕事ができるようになりたい」

それが子どものころからの蓮の希望だ。

「残像視認が自由自在にできるようになったら、和久井君の足をあんなにした放火犯も見つけられるかもしれないし」

さすがに年単位で過去を視認するのは不可能だろうが、それでもなにかの手がかりは得られるかもしれない。

団地で一瞬残像をつかんでから、蓮は何度も訓練を繰り返していた。全力を振り絞って集中してもなかなかうまくいかないが、絆を結んだ今なら、もう一段深く潜ることができそうな気がする。

「無理はしないでください」

吉積が心配そうに言った。

「うん」

うなずいたが、センチネルが無理をするのは当たり前だ。

役に立たないセンチネルにはなんの価値もない。

7

志摩から「田頭町団地でまた火災通報があった」と連絡がきたのは、十一月の陸上競技秋季大会のあった翌週だった。

九月から、これで四度目だ。

吉積が振り返ると、周囲を見回していた中条が首を振った。

「おれが視認しても、特になにも出てこないと思う」

「そうですか」

志摩が残念そうに息をついた。

今日は一日トレーニングと報告書の作成で終わり、そのあと志摩の夜間巡回に合わせてここに来た。周囲はもうすっかり暗くなっている。

九月は倉庫のダンボール、十月はフェンス脇の雑誌の束で、今回は集会所の脇に置いてあった一斗缶が燃えた。

「煙草スタンドの代わりに使ってるやつだから、今度こそ間違いなく煙草だろうってことなんだけど、ならなんで周囲まで焦げてるんだって」

制服姿の志摩が腕組みをして唸った。

消防も四度目ということで一斗缶を調べたが、特に引火性液体の成分などは出てこなかったらしい。

「結局、火の残ってる煙草に気づかないで誰かがごみ箱代わりに紙ごみ放り込んだんだろってことで報告上げたんだけど、どうもすっきりしないんだよな」

一斗缶のあったところは集会所の壁が煤けていて、風向きによってはもっと大きな火災につながっていた可能性もある。

「わざと燃えやすい新聞かなんか入れて、火を大きくしたってほうがわかりやすい」

話を聞いているのかいないのか、中条は集会所の周辺を眺めまわしていた。今日もぶかぶかのシャツにデニムで、ただ素材が少し分厚くなり、足元のビーチサンダルが季節外れに見えるようになった。

裸足を生々しく感じるのは、彼と関係を持ったからだ。

吉積は中条の素足から目を逸らした。

部活指導の帰りに成り行きで中条の部屋に泊めてもらい、うなされているのを起こして――最初は間違いなく、泣いているのをなんとかしてやりたくて寄り添った。鮎川のいうところの、ガイドの「ケア」だ。

そして結局、なし崩しにセックスしてしまった。

――もっと触って。

涙の溜まったきれいな目で縋られて、どうしようもなく抱いてしまった。ありていに言って、性欲に負けた。

ただ、身体の欲求というだけではなく――もっと深いところに訴えかけられて抗えなかった。

そのあとも「セックスしたい」とねだられて、何度も関係を持った。中条にとってガイドとのセックスは能力を上げるための行為だ。人工呼吸とキスは意味が違う。少なくとも、中条にとってはそうだ。

「ここも防カメついてないいんだよな」

考えに沈みそうになったとき、志摩がため息交じりに言った。

「しょうがないですよ」

どんどん住人が減っている公団なので、ふだん人通りのない場所にまで防犯カメラの予算は割けない。

吉積はちらっと中条を見た。絆ができると能力が向上する――というのは、本当のようだ。

このごろ、中条は熱心に「残像視認」を訓練している。

最初は何を言っているのかまったくわからなかった。

「野球選手で動体視力の優れたバッターが『球筋が見える』とかって言うだろ？　ほんのわずかに残った感覚刺激をキャッチできるセンチネルがいるんだ。嗅覚の残り香はもちろん、聴覚もけっこう残響が聴けるっていうセンチネルはいる。でも視覚センチネルではめったにいないし、もし残像視認ができたらその汎用性は他のセンチネルの比じゃない。過去の映像が見えるわけだからな」

鮎川にはそんなふうに説明された。

中条の母親も傑出《けっしゅつ》した視覚特化センチネルで、残像視認ができたという。センチネルの能力は遺伝なんだからおれだってきっとできるはず、というのが中条の言い分だ。

その主張通り、中条はすぐコンマ数秒前の映像は確実に視認できるようになった。一瞬前が視認できたとして、それがなんの役に立つのか疑問だったが、安定して視認できるようになれば、それを起点にさらに過去を辿れるのだという。

もし自由自在に視認できるようになれば、現場に行きさえすればそこでなにがあったのか文字通り一目瞭然、ということだ。

「一花さんは残響を聴けるようになって、数時間前に逃走ルートの相談してる会話キャッチしたんだって」

そんなことが実際にできるのか、吉積には到底信じられなかった。が、中条は実際に過去の映像を視認するようになった。訓練映像で最初はほんの数秒、そこから徐々に遡《さかのぼ》る時間を伸ばしていて、今は調子がよければ数時間前の映像も視認できるようになった。鮎川には「体感時間と実際の時間を一致させろ」と指示されている。

「自由自在に過去を視認できるようになったら、おれ、究極の防犯カメラになれる」

確かにそうだが、そんな簡単なものじゃないだろ、というのが吉積の実感だ。

深くゾーンに潜るのに、中条は全身の力を振り絞るようにして集中する。当然吉積も気を抜けないので、終わるとお互い汗びっしょりで、中条はときどき手足に痙攣《けいれん》まで起こしていた。

　ガイディング技術が身につくようになってから、センチネルの精神負担の大きさも肌で実感できるようになった。センチネルが疲れやすくて夢を見やすいというのも理解できる。彼らはたぶん、普通の人間が使わない脳機能を膨大な力で使っている。

「吉積君」

　周囲を歩き回っていた中条が近寄って来た。

「残像視認やってみる。訓練でだいぶできるようになったから、やってみたい。ガイディングしてくれる？」

　そう言い出すのではないかと思っていた。訓練施設より現場のほうが集中力が上がるのは吉積も体感している。

「そりゃ…、俺はいいですけど」

「ちょうど二十四時間前に通報があったんですよね」

　志摩に確認すると、中条はすっと息を吸い込んだ。

「いい？」

「どうぞ」

ガイディングの感覚は、独特だ。

中条の意識が一点に絞られていく感覚を捉え、同調する。

感覚刺激の中に潜っていく彼の意識をつかむと、一気にゾーンに持っていかれた。思い切り引き、中条の手を握った。

「――」

以前は小刻みに潜ったり戻ったりを繰り返していたが、このごろは一気に深くゾーンに入る。

中条の目がうつろになり、手から痺れが伝わってきた。吸い込まれそうな感覚に抗う。横にいる志摩が息を呑むのがわかった。

「中条さん」

数十秒耐え、吉積は中条の手を思い切り引っ張った。中条は息を止めている。

「中条さん、戻って」

「――は……っ」

肩を揺すると、ふっと意識が緩み、中条の目に力が戻った。

「どうでした?」

寄りかかっている中条に訊くと、残念そうに首を振った。

「人は見えた。でも安定しなくてその人がただ通りかかっただけなのか、なにかしたのかまでははわからなかった。二十四時間前って体感も自信ない」

遡る時間の長さより、視認時間を特定するのが難しく、訓練で確実にできるようになったのはせいぜい一時間程度だ。つまり、二十四時間も前の視認はかなり怪しい。

「参考までに、見えた人の特徴ってわかります？」

メモを取りながら志摩に訊かれて、中条は目を宙にやった。

「若い男性なのは間違いないと思う。背中からしか見えなかったけど。あと、一人だった。百メートル四方に他の人はいなかった」

「そうですか…」

「役に立たなくてごめんね」

申し訳なさそうに謝る中条に、志摩がいえ、と慌てて首を振った。

「正直、まだ半信半疑なところもあるんですけど、参考にさせてもらいます」

そのあともう一度周囲を確認したが、これといったものは出てこなかった。

「もしまた火災通報があったら連絡して下さい」

「わかった」

巡回パトロールに戻るためにグローブをつけながら、志摩は焦げた集会所の壁に目をやった。

「俺な、ちょっと気になってるんだけど、最初におまえと緊急通報受けて来たのが九月で、そのあとが十月だろ？　で、今回が十一月。和久井のときの放火も、あれ九月から始まって、月に一度のペースで出火してたんじゃなかったか？」

「そうなんです」

吉積も同じことを考えていた。

実は出火現場も同一エリア内で、直線距離では十キロほどしか離れていない。

三年前の連続失火・不審火は廃業した自動車修理工場で起こった。

敷地が広く、ホームレスが出入りしていたため、当初はホームレスが煮炊きしていて火を出したと噂されていたが、あとから警察が調べてそれは否定された。ホームレスが工場に入り込んだのは最後の火災が起こる少し前で、ただ寝起きしているだけだった。

「今回はぜんぶボヤだし、ただの偶然だろうけど、なんか気になるよな」

「ですね」

「まあ俺らが気にしすぎてるだけだとは思うけどな」

それじゃあな、と巡回パトロールに戻る志摩を見送って、吉積も中条と路肩に停めていた軽に乗り込んだ。視認に力を使って、中条はまだ少し気だるそうだ。

それに妙な色気を感じてしまい、吉積は急いで目を逸らした。

「そういえば、志摩さんって、結婚してるの？」

シートベルトをしながら、中条がふと思い出したように訊いてきた。

「志摩さん、指輪してるよね」

「今奥さん里帰りしてて、もうすぐお子さんが生まれるんです。男の子らしいってめちゃくちゃ楽しみにしてますよ」

「吉積君も？」

「俺？」

「子ども、ほしい？」

エンジンをかけながら、吉積は横目で中条を見た。暗くて表情はよくわからない。

「結婚したら独身寮出られるんだっけ。だから早く結婚したいって言ってたよね」

「門限はなくなったからそれはいいんですけどね」

交番勤務のときは緊急出動に備える意味合いで門限があったが、特殊部に異動になってその縛りは解けた。外泊申請も電話一本で済む。

「まあ門限はともかく、家庭持つのは普通にいいなと思いますね。キャンプとか好きだし、子連れで行くのは楽しいだろうし」

言いながら、でも以前ほど本気でそうは思っていない自分に気がついていた。当たり前に思い描いていた将来が、なぜか今はしっくりこない。

「キャンプかぁ。行ったことない」

中条が羨ましそうに呟いた。

「外で寝るのってどんな感じ？　怖くない？」

「怖いっていうか、風でテント飛ばされそうになってやばかったことありますね」

「うわあ、やっぱ俺は無理だ」

中条は刺激に弱い。首をすくめ、ついでにハンドルを握っている吉積の手に指先で触れた。

「うち来ない？　セックスしたい」

誘い方がいつも直球だ。

「だめ？」

なんの情緒もなくねだるのは、中条にとってガイドとのセックスは能力を上げるための手段だからだ。

「今日は吉積君の、中に入れて。そろそろ入ると思う」

「…そういうこと、普通に言わないでくださいよ」

「そう？　ごめん」

堂々と誘いかけてくるから、まさか彼が「初めて」だとは思わなかった。

吉積は無意識にハンドルを握る手に力をこめていた。

気持ちいい、もっとして――経験も知識もないくせに、中条は積極的だ。本能的にしたいと思うことをためらいなくする。

信号待ちでちらっと目をやると、向こうもこっちを見ていた。

「やっぱり絆できるとぜんぜん違うね。あんなに楽に過去辿れたの初めてでびっくりした」

弾んだ声で言われてなんともいえない気分になった。人工呼吸とキスは違う――というロジックで自分のことは誤魔化せない。人工呼吸には性欲はからまないし、これは明確に性欲だ。

最初の一回は明確にアクシデントだった。

でもそれ以降は違う。

中条は絆を結んで能力を上げたいという目的があって、自分はそれに協力するていで性欲を満たしている。

「うーん…」

今までの自分の判断基準では完全にアウトだ。

「なに?」

「自分の中の基準が揺らいでて」

合意なんだから別にいいだろ、と思うそばからうしろめたい気分が追いかけてきて、身体だけの関係、というのはやはりどうにも性に合わない。それでいてきっぱり止める踏ん切りもつかなかった。中条にとってメリットがあるのは間違いないし、純粋に協力したいという気持ちもある。

「だめなの？」

「だめってことは…ないですけど」

「よかった」

同じやり取りを繰り返し、結局なし崩しになってしまう。

車を返して中条の部屋に入ると、交代でシャワーを使った。

「キス好き。気持ちいい…」

あとから出て来た中条が、ろくに身体も拭かずに抱き着いてくる。

長々とキスを繰り返し、中条がうっとり囁いた。

「触って」

たぶん、自分はこの無邪気な誘いに弱い。

可愛い、と思ってしまう。

ぎこちなかった愛撫は行為を重ねて滑らかになり、どんどん大胆になった。

「して…」

舌と指で濃厚に愛撫を交わして、中条が甘くねだった。

「中、いれて」

耳を軽く噛まれ、手をとって奥に誘われた。

「しよう、ここで、したい」

固く閉じていたところは、確かに少しずつ慣れてきていた。

「無理にしなくてもいいんじゃないですか。痛いんでしょ？」

「痛いけど、痛いのも興奮するし、したい……中に入れてほしい」

潤んだ瞳で訴えられると、どうしようもなく欲望が刺激される。

今までも何度か途中までして、そのたびに中断した。中条が慣れていなくてうまくできなかったというのもあるし、吉積には躊躇《ためら》いがあった。

「本当に、いいんですか」

「な、な…にが？」

もう指は楽に入るようになった。

決定的な行為をして、本当にいいのか。

「——して」

自分はどうも、この声に弱い。

このごろは明かりを消さなくなって、視覚から受ける刺激も強烈だった。

中条は身体が柔らかい。羞恥心《しゅうちしん》も薄い。足を大きく開いて腰を上げ、受け入れるところをさらして「はやく」と促されて、限界になった。

「———う……っ」

ローションのぬめりで逆に弾かれそうになったのを押し込むと、強烈な快感に包まれた。

「あ、……う、…ん、っ…」

固く閉じていたところがとろけて誘いこんでくる。

「中条、さ――」

もう少しで持っていかれそうになった。背中に爪を立てられて、その痛みがトリガーになった。

「あッ、あ、っ、あ、あ」

突くたび、中条が泣くような声をたてる。

絞るような感覚に夢中になり、どんどん深みに嵌《は》まっていった。欲望が絡まり合って、求めると同時に求められ、理性など消えてしまう。

「奥、きてる、あ、あ、すごい…、いい、すごい」

うわごとのように「いい」と「すごい」を繰り返す唇を塞ぐと、すぐ熱烈な舌が口の中に入ってきた。濡れた塊を絡ませ合うと、腕と足も絡みついてくる。

「中条さん」

きれいな目が自分を捉えている。

「気持ちいい、なか、すごい…い、ああ、そこすごい、いい、いい…」

包みこまれ、絞られる感覚に、吉積も夢中で快感を貪った。中条の白い喉が艶《なま》めかしく光っている。

「いく、いってる、あ、あ――」

中条がしがみついてきた。

びくん、と中が痙攣し、引きずられるように射精した。

「――」

しばらく声もなく、ただぎゅっと抱きしめ合っていた。

「は、――……」

気が遠くなりそうな高みから、緩やかに落下していく。

「す――ごかった、すごい、気持ちよか…った……」

中条が荒い呼吸の中、とぎれとぎれに囁いた。

「あ」

ゆっくり身体を引くと、その刺激でまた中条がびくんと震えた。

「だいじょうぶ、ですか」

快感の余韻に吉積も声が掠れた。

「うん」

とうとう最後までしてしまった。

ティッシュを引き抜き、飛び散った精液を拭ってから楽なように寝かせてやると、中条はまた手を伸ばしてきた。彼はキスが好きだ。

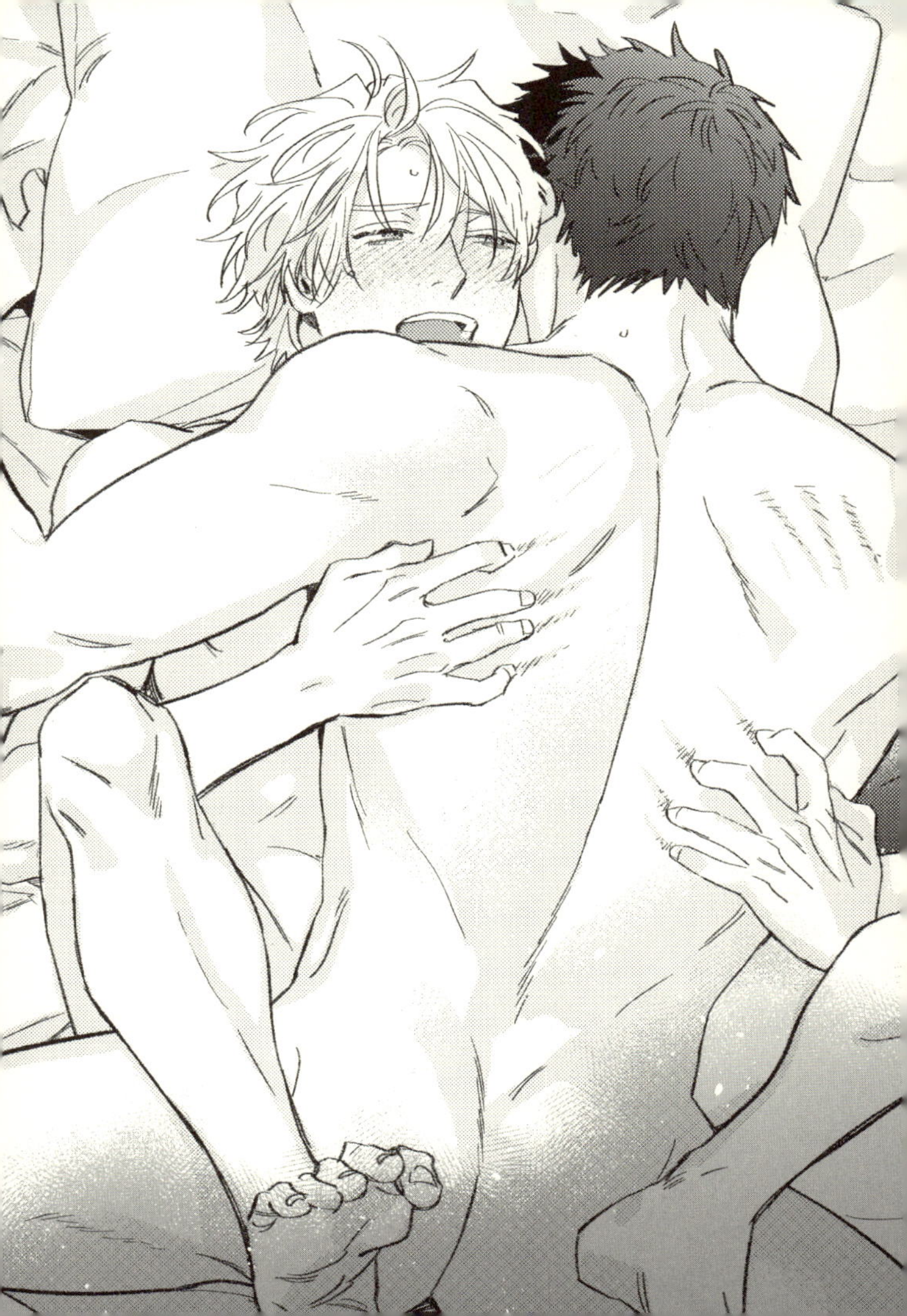

「中、気持ちよかった…」

余韻の残る声で無邪気に囁かれて、複雑な気分になった。センチネルの求めに応じただけ、という言い訳は、たぶん成り立つ。中条もそう捉えているはずだ。

視認能力を上げるために絆を作り、ついでに性欲も満たす。

ただ、理由と結果がそれでいいのか、という疑問は残っていた。内田一花と彼女のガイドも、長らく一緒に働いていて、私的なパートナーになったのはここ最近なのだと聞いた。

彼女が残響を聴けるようになったのは結果であって理由ではない。

一方で、どうやっても結局はこうなってしまっていただろう、という気がしていた。

「今日、泊まれる？」

中条が小さくあくびをしてくっついてきた。

「泊まってってよ。一緒に寝たい…」

中条はよくうなされる。

脳の使い方が一般人とは違うからか、夢を見やすい。ただ、吉積が一緒だとうなされることはなくなったらしい。

頼られるたびに心のどこかが弱くなるようで、吉積はそれにも困惑していた。

今まで、吉積の世界はシンプルだった。

問いと答えは一対だったし、正解と不正解もはっきりしていた。セックスするのは恋人とだけだし、もし間違いをおかしたらすぐに改める。それだけだ。でも中条との関係はそんなふうには解決できなかった。

毎日彼と行動を共にして、最初は呆れることばかりだったが、あれこれ危なっかしいのでつい世話を焼き、そうしているうちに情が湧いた。ただの割り切った関係というのとは違う。中条には絆を作りたいという明確な理由もある。だから関係を断《た》ち切れない。

そもそも成人同士で合意でセックスしていてなにが悪いのか——とわからなくなった。自分の心がうまく掴めない。こんな感じは初めてだ。

「あ、また引っ掻いちゃったね」

肩のあたりに目をやって、中条がごめん、と眉を下げた。

「中条さん、また爪伸びてるでしょ」

「そうかも」

「爪切り、どこですか」

ごみを捨てる習慣はなんとか身について、部屋は殺風景《さっぷうけい》なほどすっきりしているが、ものの置き場所についてはめちゃくちゃなままで、中条の部屋はどこになにがあるのか吉積には見当もつかない。

「爪切り、…カーテンの下のとこ」

中条自身はものを探し回る必要がなく、ちょっと部屋を見渡して、出窓を指さした。

お互い全裸のままで、ベッドに座って中条の爪を丁寧に切ってやった。

中条の指はほっそりしていて、自分のごつごつした手で触ると男のものとは思えない。手首に走る静脈が薄く透けて、繊細な刺青《いれずみ》のようだ。あまり人の外見に注意を払うほうではないはずなのに、このごろ彼の皮膚の薄さや髪の柔らかさ、睫毛の曲線に気を取られる。

「足も？」

爪にやすりまでかけてやり、足を出すようにと合図した。

「ついでですから」

「ありがと」

促すと、中条はベッドに寝ころんで足を預けてきた。

「なかなか図々しい態度とりますね」

「くすぐったい」

「じっとしててくださいよ」

こんなふうに細々《こまごま》と中条の世話をするのが、いつのころからか当たり前のようになっていた。かけ違っているボタンを嵌め直してやったり、こぼしたコーヒーを拭いてやったり、まるで子どもかペットの世話をしているようだ。そしてそれが別に面倒でもない。

このごろ、自分自身のことがよくわからなくなっていて、そのことにも困惑していた。

吉積君、と呼ばれるたびに、確固としていた自分の輪郭がぼやけてしまう。

冬でもビーチサンダルの中条の足は、かかとが乾燥しているものの、小さなくるぶしで形がよくて、足の指の爪も真珠の粒のように揃っている。

ぱちん、ぱちんと爪を切ると、中条が頭だけ上げて吉積の手元を見た。

「吉積君、器用だよね」

「普通ですよ。それより、そろそろビーサンじゃ寒いでしょ」

「おれ、感覚過敏が足に強く出てて、最後まで靴下だめだったんだよね。今はもう平気かもだけど、年中裸足なのに慣れちゃったから、履くと違和感でもぞもぞする」

中条がぶかぶかの服ばかり着るのも、子どものころからの習慣だ。

「本当にいろいろ大変ですね」

「そうでもないよ、自分でコントロールできるようになったから、もう平気だし」

でも未だに真冬でもビーチサンダルだ。

「履いてみます？」

「靴下？」

中条の部屋に泊るようになって、クロゼットに着替えを置かせてもらっていた。思いついてソックスを出して、子どもにしてやるように履かせてやった。

「どうですか」

「んー」

中条がソックスの足先を動かした。

「なんか、変な感じ…もぞもぞする」

「だめですか」

「あったかいけど、やっぱり慣れないから気持ち悪い」

中条はソックスを脱いで代わりに肌触りのいいTシャツをかぶった。

「おやすみ」

部屋の明かりを消すと、当然のように中条がくっついてくる。足を絡めて首のところに頭をのせるポジションが、いつのまにか定着していた。

「したね」

首のところで中条の声がする。

「ん？」

「セックス。中に入れた」

満足そうに言われて、返事に困った。

「一花さんが言ってたとおりだ」

中条があくびまじりに呟いた。

「絆できると能力が上がる。いま中入れたから残像視認ももっとできるようになるかもしれない。そしたらきっと公安に呼んでもらえる…」

「それって、そんなに嬉しいことなんですか？」

このところずっと抱いている疑問が口をついて出た。中条が不思議そうに首を傾げた。

「誰かの役に立ってるって嬉しくない？　吉積君だって犯罪者片っ端から捕まえたいって言ってたじゃない。同じでしょ？」

「それは、まあ…」

でも自分の場合はもっと個人的で単純明快な感情だ。むかつくから捕まえたい、腹が立つから制裁を加えたい。それだけだ。

彼が役に立ちたい、と口にするとき、吉積はなにか切羽詰ったものを感じるようになった。これも「絆」のせいなのか、中条の感情の揺れが以前とは比べものにならないほどわかる。中条の「役に立ちたい」はほとんど強迫観念だ。

「和久井君、おれにも親切にしてくれるし、できるんだったら犯人捕まえたい、…よ、ね…」

中条はもう半分眠りかかっていて、語尾は寝息と一緒に消えた。

部活指導に差し入れに行ったのがよほど新鮮だったらしく、また誘って欲しいというので、陸上秋季大会の応援にも一緒に行ったたし、打ち上げにもちゃっかり参加した。

中条は部外者だが、吉積と和久井の知り合いということで「きれいな顔のちょっと変わった先輩」と部員はごく自然に受け入れている。それがよほど嬉しいらしく、中条はしょっちゅう陸上部の話題を持ち出す。

吉積は、打ち上げのときに和久井の弟がふと洩らした言葉がずっと胸に引っ掛かっていた。

「中条さんて、お礼言われるとものすごく嬉しそうな顔しますよね。嬉しそうっていうか、ほっとした顔する」

なにげない言葉に、なぜかどきりとした。

和久井の弟とは、高校時代、家に遊びに行くたびによく一緒にゲームをした。和久井は「俺よりおまえのほうに懐いてる」と苦笑していたが、人格者の兄よりゲームに負けるたびムキになって再戦を挑んでくる自分のほうに親近感を持つのはわからなくもない。

その和久井の弟も、今や部内一致で部長に推されるほどの人格者になった。

「さすが部長、よく人を見てんな」

感心して言うと、弟は照れくさそうに笑った。

「俺も中条さんと似たとこあるんで。兄貴があんまり偉いんで劣等感持っちゃうんですよ。だから俺もみんなに感謝してもらえるように頑張らないとって気負っちゃってる」

お礼を言われるとほっとした顔をする――確かに、中条にはそんなところがある。人の役に立ちたい、という気持ちが強くて、でもそれはセンチネル全般がそうだ。同じ鑑識課の内田一花も近いうちに特殊警備部に異動になる、と喜んでいた。

要人警護のために海外同行する危険任務を手放しで歓迎している様子に、吉積はひそかに違和感を持っていた。自己犠牲、という言葉が浮かぶ。

特殊部の業務は「よけいな憶測を与えないため」オープンにはされていない。臨場要請のたびに駆けつけ、毎日訓練を重ね、でも表ではまるでいないもののように扱われている。

それでもセンチネルはひたすら献身的だ。

役に立ちたい、というあの強い欲求は、どこからきているんだろう。

中条はよく夢でうなされている。幼い頃の劇症期や、そのあとの刺激コントロール訓練のころの夢を見ているとすぐわかる。静かに泣いているときは両親のどちらかを失った夢だ。

でも自分がそばにいるようになってからはよほど疲れていなければうなされることはなくなった。

中条はもうすっかり寝入っている。

ガイドはセンチネルの命綱、らしい。

接触に敏感なぶん、ガイドに触れられるのはセンチネルの悦びで、キスもセックスもガイドとなら大好き――らしい。

たぶん、これは庇護欲だ。

自分のそばで安心して眠る様子に、胸の奥底がくすぐられる。

「あーあ」

ごろっと仰向けになって、すぐ横にいる中条の髪を指先で弄んだ。勝手にため息が洩れる。

複雑なことを考えるのは苦手だ。

今までつき合っても長続きしなかったのはそのせいかもしれない、とふと思った。だいたい相手のアプローチでつき合い始め、最初は仲良くしているのにいつの間にかうまくいかなくなる。マメさに欠けるからだと仲間に指摘されて納得していたが、それはつまり相手のことを深く知ろうと努力しなかったせいだ。

電気を消そうとリモコンに手を伸ばすと、中条が眠ったまま口の中でなにか言いながらくっついてきた。

また夢を見てるのか、と顔を寄せると、よしづみくん、と舌足らずに呼んでいる。

「——吉積く…」

さっき爪を切ってやったばかりの指が、吉積のシャツの袖をひっぱった。懸命に自分を探している。

「いますよ」

耳もとで囁くと、うっすらと目を開け、安心したようにまた目を閉じた。まぶたが動いていて、きっとまた夢を見ている。

辛い夢を見ないように、吉積はそっと中条の耳元で口笛を吹いてやった。中条はいつも同じ曲を聴きたがる。オーバー・ザ・レインボー。

虹の彼方に、素晴らしい場所がある。

長い睫毛が震えて、中条はまたすうっと深い眠りに落ちていった。

8

仕事帰りに久しぶりに和久井と飲むことになった。

大学のころからよく二人で呑んでいるチェーンの海鮮居酒屋で、吉積は先にカウンターにかけて待っていた。十二月の忘年会シーズンにはまだ少しあるが、店は学生ふうのグループや主婦らしき女性客でかなり賑わっている。

「よう」

今日は直帰なので早めに行ける、と連絡があったとおり、和久井は吉積が店についてほどなく現れた。ビジネスコートに通勤用らしいスクエア型のリュックを肩掛けにしている。

「早かったな」

「おまえも」

実業団からの誘いをふいにしたあと、和久井は医療機器メーカーに就職していた。幸い仕事は順調のようで、ずっとつき合っている彼女ともそろそろ入籍の話が出ているらしい。

「まだ吉積のスーツ、見慣れないな」

カウンターの隣にかけながらからかい半分に言って、和久井は「今日は、中条さんは？」と訊ねた。最近はいつも中条がついてくるので当然今日も一緒だと思っていたようだ。

「来たがってたけど、面談があって無理だった。おまえによろしくって」

センチネルは定期的にコーディネーターと面談がある。今日は鮎川の都合で面談時間がずれこみ、中条は「なんで今日に限って」とふくれていた。

「こっちも、新年会に中条さんも誘っておいてくれって和幸《かずゆき》に言われてる。伝えといてくれるか？」

和幸というのは和久井の弟だ。

北校陸上部では、毎年新年会でＯＢ歓待をやる。試合の応援や差し入れのお礼の意味合いが強いので、吉積にくっついて何度も練習や応援に顔を出している中条を呼ぶのは自然なことだが、それ以上に和久井の弟は中条にシンパシーを感じているようだった。

お礼を言われるとほっとした顔になる、という言葉を、なぜかあれからも時々思い出していた。

「それにしてもおまえ、中条さんと仲いいよな」

タブレットメニューの画面をスライドさせながら和久井がなにげなく言った。

「まあな。ちょっと変わってるけど、面白い人だよ」

吉積もできるだけ軽く答えた。

和久井はとくに含むところはなさそうだし、まさかセックスしている仲だとは想像もしていないだろう。和久井にはなんでも話してしまうが、さすがにこの関係は口にしづらかった。

最後までしてしまってからはもうなし崩しに行為を重ねていて、恋人でもないのに、と葛藤《かっとう》していたが、中条があまりにもあっけらかんとしているので、吉積もだんだん悩む理由が見つからなくなっていた。

性行為をわざわざ「絆」という俗称で呼ぶのは、センチネル側の「ただのセックスじゃない」という実感があるからだろう。

公私の概念のない中条はなんでもコーディネーターに報告する。当然とっくに鮎川には知られているだろうなと思うと微妙だが、ガイドとセンチネルが絆を結ぶのは、むしろコーディネーターにとってはけっこうなことのはずだった。実際、中条は臨場実績をどんどん上げている。

物置の裏に隠れていた見張り役を発見した連続強盗事件は、さらに次の事件で追尾に貢献して主犯逮捕に繋がった。相変わらず手柄はぜんぶ捜査班がさらっていくが、特殊課での実績数は確実に積み上げられている。年明けには異動の打診がくるかもしれない、と鮎川が匂わせるようなことを口にしていた。

対テロ特殊課か、要人警護。もっと能力を上げて、自分の力を使い尽くしたい――中条の口癖だ。

「中条さんってさ」

ふと、ずっと気になっていたことについて、和久井の目にはどう映っているのか知りたくなった。

「うん？」

ひとまず注文したビールが運ばれてきて、和久井はフードメニューを眺めている。

「ちょっと浮世離れしたとこあるけど、人の役に立ちたいって気持ちがめちゃくちゃ強い人なんだよな。それこそちょっとついていけないくらい」

「でも警察入ろうっていう人は基本的にそういうタイプなんじゃないのか？　おまえも同じようなこと言ってたろ」

「いや、確かに俺はおまえのことでムカついて警察入ったけど、それは別におまえのためじゃなくて、自分がムカつくからって理由なんだよ。でもあの人は本気で国家のために尽くしたいとか言ってて、なんていうのか…自己犠牲、みたいな」

和久井は少し考えるように顎のところに指をやった。

「中条さんって、特殊な環境で育ったんじゃないのか？」

「わかるか？」

「なんとなく」

「あんまり詳しいことは話せないんだけど、確かにかなり特殊な育ちしてる」

そうだろうな、というように和久井がうなずいた。

「だから価値観が違うんだろ」

「でも自分のことはどうでもいい、みたいなのってちょっと違うだろ？　なんか見てると腹立ってきて」

「おまえはいつも他人のことで腹立ててるよな」

ホームレスを助けるために火の中に飛び込んだ男がくすっと笑った。

「そうだよ、俺はいつも勝手に腹立ててるんだよ。けど、そもそも和尚が怒らないからそのぶん俺が腹立ててるとこもあるんだぞ？」

「おまえがあんまり怒るからかえって怒る気が失せたってとこもあるよ」

「ああ言えばこう言う」

「お互いさまだ」

和久井がおかしそうにくすっと笑った。

「どうせ俺は短気で考えが足りねえよ。それに引き換え、おまえは本当に熟慮に熟慮を重ねるもんな」

メニューを比較検討している和久井からタブレットを奪い、吉積は適当に選んでタップしてやった。

「居酒屋のメニューにまでそんな考え込む必要ないだろ」

「確かにな」

和久井が声を出して笑い、即断即決の吉積は一緒に笑いながら、ふと小さな違和感を感じた。

そうだ、和久井は人格者で、かつ思慮深い。

さっき考えていたことと、今自分が口にしたことが頭の中で波紋をつくり、吉積は首を傾げた。

なにかが引っ掛かったが、それがなにかわからない。

「新年会の件、志摩さんにもよかったらって声かけといてくれ」

「わかった」

志摩の名前が出て、そういえばあれから火災の報告は来てないな、と考えた。

九月からほぼ月に一度同じ団地で出火していたが、今月に入ってからはまだ報告がない。

和久井がホームレスを助けに入った廃工場の火災も十二月だったので気になっていた。

志摩は巡回を増やしているらしいし、団地の住民も有志で見回りをしているらしいが、とにかく敷地が広い。退去者が増えてほぼ誰も住んでいない棟もあるから、もしそこから大きな出火があったら——とそこまで考えて、吉積は唐突にさっき自分がなにに引っ掛かったのか、思い当たった。

中にホームレスがいるかもしれないと考えて、和久井は火の出ている廃工場に自分で突っ込んでいった。

和久井にしてはずいぶん無謀だ。

今までまったく感じていなかった違和感に突然囚われ、吉積は無意識に背筋を伸ばした。ホームレスが出入りしているのを知っていても、消防を誘導するとか、消火栓を探すとか、もっと他の選択肢もあった。

今まで「和久井は人格者」で思考が止まっていたが、後先考えずに突っ込んでいくのはいつも自分のほうで、和久井はそれをたしなめる立場だった。

それに、後先考えない自分でも、いるかどうかもわからないホームレスのために危険は冒さない。目の前で助けを求めていればとっさに身体が動くだろうが、身を挺してまで探しには行かない。

もしそうするとしたら、それは自分の大事な人がいるかもしれない、というときだ。

とっさに頭に浮かんだのは中条の顔だった。

あの人がそこにいるかもしれないと思ったら、なにがなんでも助けに行く。

「どうした？」

急に無言になった吉積に、和久井が不思議そうに声をかけてきた。

「いや」

自分にとって中条の存在はそんなに大きくなっていたのか、と驚いた。あの人になにかあったら、と想像した瞬間に答えが出た。

「それよりな」

吉積は和久井の空いたグラスにビールをついでやった。

「今さらだし、変なこと訊くんだけど、和久井が廃工場でホームレス助けたの、あれって姿見えたわけじゃないんだよな？　中からホームレスの声がしたとか？」

「いや、工場の一番奥のとこにいたから、声は聞こえなかった」

急になんだ、という顔で和久井が答えた。

「ただ出入りしてるらしいってのを誰かから聞いてたから、心配になって入った」

「いるかどうかもわかんねえのに、よく入ったよな？」

和久井は吉積の疑問の意味を考えるように少し黙った。

「そのへんよく覚えてないけど、あんなに火が回ってるとは思ってなかったから、様子を見ようと思って入ったんだった、確か。そしたら風で火が煽られてて、逃げられなくなってたから」

様子を見に入ったら想像以上に火が回っていたということだ。それなら理解できる。

「なんで急に？」

「いや、おまえにしちゃ無謀なことしたよなって今さら不思議になっただけ」

「まあな」

和久井が苦笑した。

「ぜんぜん後悔してないって言ったら嘘になるけど、でも、じゃあ次に同じことあったらどうするって訊かれたら、やっぱり同じことすると思うから、まあしょうがない。運命だ」

懸命にリハビリに取り組んでいた和久井、挙句に競技を諦めざるを得なくなった和久井を思い出すとまだ吉積は気持ちが波打つのに、当人は淡々と受け入れている。

「つまりおまえが警察入ったのも運命だ」

いつまでもこだわる吉積に、和久井がなだめるように言って笑った。

「運命か」

オーダーした皿が運ばれてきて、吉積はぬるくなったビールを一口飲んだ。

全部が運命で繋がっているなら、中条のガイドになったのも、身体の関係ができたのも運命ということだ。そして絆ができたことで中条は視認技術を向上させている。巡り巡って和久井の夢を断った犯人を見つけることになったとしたら、それこそ運命だ。

「ならおまえの足をそんなにした放火魔、俺が捕まえねえとな」

大皿料理を取り分けやすく並べていた和久井が手を止めた。

「それ、どういうことだ？」

「詳細は守秘義務あるからおまえにも話せないし、もしかしたらのレベルの話だよ」

モニターで映し出される映像を、中条は正確に遡って視認し、体感で「五時間前」「十時間前」と言い当てるようになった。

以前の全身を振り絞るような集中力は必要なくなったが、かなり深くゾーンに入るのでガイディングしている吉積もほんの数分間の訓練でも体力を消耗した。中条にいたっては回復するのに半日はかかっている。

今の状態でどれだけ訓練を積んでも三年も前まで遡れるとは思えなかったが、過去の残像を視認する能力自体、中条がやって見せるまで信じられなかったのだから、絶対に無理だとも言い切れない。

「俺はもう運命だったたってことで諦めてるぞ？」

和久井が妙にとりなすように言った。

「そりゃおまえは人格者だからな。でも俺はムカつくから捕まえたい」

「放火かどうかもわからないだろ」

「いや放火だろ」

三年も前のことで言い合いながら、吉積はまたかすかな違和感を覚えた。

「おまえは犯人捕まえたくねえの？」

「犯人がいれば、そりゃな」

和久井が小さく肩をすくめた。

不審火の可能性ありのまま、その後出火は一度もなく結局捜査は打ち切りになった。周囲の不満をよそに、和久井自身はそのときも淡々と受け止めていた。もとからマイナスの感情は表に出さない男だから、不思議はない。不思議はないが、なぜか今は引っ掛かった。

放火は繰り返すことの多い犯罪だ。

志摩からまだ今月は連絡がないが、田頭町団地からの出火通報もどうしてか気になっていた。団地も廃工場も高校と同一地域だ。

和久井が陸上部の指導に行くようになったのはいつからだったか——はっきり思い出せないが、重なっているような気がする。

和久井はなにか隠してるんじゃないか。

初めてそんな疑いを持ち、吉積は驚いてすぐ打ち消した。あり得ない。

和久井に対して疑いを持つのは自分を疑うのと同じくらいあり得ないことだ。

「吉積、疲れてるんじゃないのか？」

和久井が心配そうに顔を覗き込んできた。

「なんだかいつもと違うぞ」

いつもと違う。

そうかもしれない。

今まで気づかなかった些細なことにいちいち違和感を覚え、親友の言動に神経を尖らせている。

人の気持ちに鈍感なはずの自分が、こんなにあれこれ考えるようになったのは、たぶん浮世離れした同僚に振り回されているからだ。いつも中条の存在が心の片隅にあって、離れてくれない。

「事件現場とか行ってるんだもんな。おまえでもやっぱり緊張するだろ」

「おまえでも、っていうのはなんなんだよ」

いつものように言い返しながら、そうか疲れてるんだな、と吉積は強引に結論づけた。だからおかしなことを考える。和久井がなにかを隠しているなど、あるわけがないのに。

そのあとは切り替えていつものように他愛のない話で飲み食いを楽しみ、明日は出張だという和久井とは店の前で早めに別れた。

「じゃあ、次は新年会だな」

「おう、またな」

地下鉄のほうに消えていく和久井を見送り、やはりあの変な違和感は勘違いだった、と自分に言い聞かせた。

習慣的に出したスマホに、思った通り中条からぱらぱらといくつもメッセージがきていた。

〈いま面談終わった〉

〈もう飲んでる？　おれも行きたかった〉

〈今度はまぜて〉

〈和久井君によろしくね〉

ただ送るのだけが目的のような、内容のないメッセージに意味もなくほっとした。

『もしもし？　吉積君？』

急に声が聞きたくなって通話をタップすると、ややして中条の眠そうな声が応答した。

「すみません、もう寝てました？」

『うん。でもいいよ。どしたの？』

ただ声が聞きたくなった、という自分の欲求が気恥ずかしくなった。

『まだ飲んでるの？』

「いや、今から寮に帰るんですけど、なんとなく中条さんどうしてるかなと」

『うち来ない？』

中条があくびまじりで無造作に誘った。吉積はスマホを握り直した。

「いいんですか？」

声を聞いたら、今度は顔を見たくなっていた。

『いいよ、もちろん』

電話の向こうで中条が眠そうな声で笑った。

『なんか吉積君の声聞いたら会いたくなった。変だね、明日どうせ会えるのに』

「ほんとですね」

『俺寝てるかもだけど、鍵持ってるよね。勝手に入って。一緒に寝よ』

「わかりました」

吉積と絆を結んでから、中条は夢を見てうなされることが減った。ただよく眠る。残像視認の訓練で疲れるからだろう。

こんな時間から行っても、中条はどうせ眠っている。このところ二人きりになればすぐセックスで、自分でもどうかしていると呆れてしまうが、さすがに眠っている相手に欲求をぶつけるつもりはない。

じゃあ何のために？

明日になれば普通に仕事で顔を合わせるし、今日どうしても会う理由はない。

それなのにタクシーを止め、吉積は中条のマンションに向かった。

中条と同じベッドで眠れると思うと、親友にへんな疑惑を持ってしまった自己嫌悪が薄らいでいく。どうやらあの世話の焼ける先輩に、いつの間にか癒されるようになっていたらしい。

どうせ寝ているだけなのに、――それでもよかった。ただあの人の寝顔を見たいと思ってしまう。

タクシーの窓に街灯が白く流れていく。中条の潤んだ瞳がふと脳裏に浮かんだ。

今までの人生で、中条以上に自分を求めてくれた人はいなかった。

大きな挫折の経験はなく、これといった不満もなく当たり前に生きてきて、この先もごく普通に家庭を持って平穏に過ごすのだろうと考えていた。でも、自分でも気づかないような深い部分で満たされなさを感じていたのかもしれない。

世話が焼けて、だらしなくて、自分がいないとすぐ不安定になってしまう困った先輩。

誰かにあんなにも必死に求められたことはなかった。

吉積君、と呼ばれるたびに心のどこかが弱くなる気がしていた。

あの人が必要なのは、もしかしたら俺のほうなのかもしれない。

そんなことをぼんやりと思った。

9

今年の秋は本当に短かった。

鑑識課の窓から見える銀杏《いちょう》もすっかり葉を落としてしまっている。十二月も後半だ。九月からほぼ月に一度出火の報告がきていたが、今のところはまだ志摩からの連絡はなかった。

特殊鑑識課のフロアは人が出払っていて閑散としていた。中条も訓練機材の整理の手伝いで地下に下りている。

吉積は自分のデスクで過去のデータベースを精査していた。

和久井と飲んで変な違和感を持ったあと、吉積は改めて三年前の廃工場の火災状況を調べた。

廃工場から一ヵ月おきに出火しているのを遡っていて、吉積はさらに三年前、生活安全課のデータには残っているが、消防には通知の行っていない不審火がいくつもあるのに気が付いた。

同一地区で小さな火が出ているのに、通報先がまちまちで、連続出火として認識されていない。

吉積も交番勤務をしていたので、中学生が遊びで焚火《たきび》をしていて通報された場合と、煙草のポイ捨てがたまたま火災につながった場合とでは扱いが違うのは理解できる。

気になるのは、最初のデータが九月で、三週間から一ヵ月のインターバルで春先まで続いていることだ。

マッピングしていくと、場所はいずれも廃工場と二キロしか離れていない空き店舗のゴミ捨て場や枯葉の溜まった側溝、自転車置き場などだった。

これだけでは判断できないが、偶然にしては規則的だ。

もっと言えば、九月から始まる連続出火が三年ごとというのも、規則性があるといえばある。

自分の主観がそう思わせているだけだろうか。

「吉積」

類似データを検索しているとあっという間に時間が経っていた。声を掛けられてモニターから目を上げると、もう窓の外は真っ暗になっていた。

「今、ちょっといいか?」

振り返ると脇にファイルを抱えた鮎川だった。

「中条、調子がよさそうだな」

コーディネーター室に連れて行かれ、ゆったりしたチェアとラウンドテーブルで向かい合うと、鮎川は手元の特殊鑑識課の報告書に目をやりながら切り出した。

「おまえがガイドについてから実績が安定して上がってる。二件の広域捜査に加わり、うち一件で決定的残留物を視認、臨場要請に従っての鑑識活動の補佐は七件、いずれも重要証拠を視認」

「手柄はぜんぶ他に持っていかれてますけどね」

センチネルの視認情報はあくまでも「提言」で、物理鑑定で確定して初めて証拠として認められる。

「残像視認の訓練結果もいい」

吉積の厭味《いやみ》はスルーして、鮎川がファイルを開いた。

「十分単位で確実に残像視認ができるようになれば現場で使えるんだけどな。おまえから見て手応えは？」

「まだ秒単位で、しかも安定してないから難しいと思います。ガイディングしていてもすごく負担が大きいですね」

センチネルの技能はすべて感覚なので、再現性のある指針はないし、指導者もいない。淡々と訓練するほかないが、他の視認技術より格段に集中力が必要なことはガイディングしていても感じていた。

「鮎川さんにお聞きしたいと思ってたことがあるんですけど、いいですか」

ガイドには定期面談のようなものはない。申し込めば時間をとってもらうことはできるが、いつも忙しくしている鮎川にわざわざ申し込むほどでもない、と見送っていた。

「中条さんのお母さんも残像視認ができたそうですね」

ファイルを閉じようとしていた鮎川が、手を止めた。

「傑出した視覚特化センチネルで、でも早くに亡くなられたと聞きました」

中条が十歳のときに死んだと本人から聞いたが、それ以上のことに触れるのは憚《はばか》られ、なにも知らないので気になっていた。

「諜報・防諜活動に従事していて、殉職された」

鮎川はふだんほとんど表情を変えない。眼鏡の奥の瞳はいつもクールで、吉積は少々苦手意識があった。その鮎川が珍しく目を伏せた。

「俺の先輩が中条さんの担当をしていて、中条さんが倒れたときにはたまたま俺も同行してたんだ。中条さんは合うガイドが見つからなかったから、いくら能力が高くても危ないんじゃないかと先輩はずっと上に掛け合ってたんだけどな。中条さんご自身が現場に出たいと強く希望されていて…」

「センチネルはみんなそうじゃないですか？」

ずっと疑問に思っていて、それを鮎川に訊いてみたかった。

「なぜセンチネルはあんなに自己犠牲的なんでしょうか。社会貢献したいって立派ですけど、度を越してるっていうか、俺にはなんだか不自然に思えて」

「国家に保護してもらっているという意識が強いんだろうな」

鮎川の口調は淡々としていた。

「俺は、訓練校での教育も影響してると思ってる。情緒の発達が遅れがちな上に一般社会と隔離されて育つから、どうしても思考が偏りがちだ」

鮎川はそうは見えないがセンチネルに同情的だ。中条が普通高校に行けるように動いたのも鮎川だと聞いた。

「十代までは神経鋭敏で苦しんで、その後はそれぞれの資質を活かせる国家機関で働く。本人の自由意志ということになっているけどな、それ以外の選択肢があると思うか？　生活全部を管理されて、ほとんど外の社会を知らないのに」

鮎川はしばらく考えてから吉積に視線を合わせた。

「中条とおまえに、異動の打診がきてる」

「えっ？」

「まだ打診だけどな、公安だ」

予想していたので、驚きはなかった。

中条は、ずっと公安の対テロ特殊課か要人警備課を希望していた。センチネルの能力を活かしたいと熱望していたから正式に決まれば喜ぶだろう。でも。

――中条さんて、お礼言われるとものすごく嬉しそうな顔しますよね。嬉しそうっていうか、ほっとした顔する。

「吉積」

考え込みそうになって、鮎川に意識を引き戻された。

「もしかしてと思ってるんだが、おまえは、その」

鮎川が妙にそっと訊いた。ニュアンスで中条と関係を持ったのかという質問だとわかる。

「はい」

とっくに中条が報告しているはずだ。今さらの確認を怪訝に思いながら、うなずいた。

「そうなのか？」

鮎川が目を見開いた。

「中条さんから報告されてないんですか？」

鮎川の反応に、吉積も驚いた。

中条は日常のささいな変化もいちいち鮎川に報告する。ごく個人的な事情まで報告するので最初は驚いたが、訓練校時代から鮎川が担当についているらしいので、中条にとっては親代わりのようなものなんだろうと考えていた。

もっとも親には性的なことは報告しない。

性的なこと――セックスをただ「絆を結ぶ」だけの行為だと思っていないのなら。

二人きりの秘め事なのだと捉えてくれているなら。

「聞いていない」

鮎川が動揺を隠すように瞬きをした。

「え、あ――そう、なんですか」

それなら逆に、自分が私的な関係を勝手に洩らしてしまったことになる。

「あの、中条さんは公私の別なくなにかあったら鮎川さんに報告してるので、当然ご存じだと思っていて」

焦って言い訳すると、鮎川はむしろ安心したようにうなずいた。

「いや、それならいいんだ。残像視認は負担が大きいから、しっかりしたガイドが付いていてくれたほうがいい。万が一でもゾーンアウトしないように注意してくれ」

「はい」

ゾーンアウトというのは危険な状態らしいが、今まで中条をガイディングしていて一度もそれを感じたことはなかった。

「ゾーンアウトすると、戻るのはそんなに大変なんですか?」

確か、中条がそんなことを言っていた。

なにげなくした質問に、鮎川が今度は急に沈黙した。

「研修でもセンチネルに関する説明はほとんどなかったんで、よく知らないんです」

異動になってすぐ特殊技能者研修を受けたが、ほぼガイディング技術に関する情報ばかりで、センチネルに関しては能力も体質も個人差が大きい、という理由でほとんど触れられていなかった。

「――完全にゾーンアウトしてしまうと、もう戻れない」

鮎川の発言に、吉積は、え？　と鮎川を見た。

「戻れない、というのは？」

「詳しいメカニズムは不明だが、センチネルがゾーンアウトすると大脳が機能停止して、その後徐々に網様体賦活系が活動しなくなり、やがて脳死に至る」

淡々と説明し、鮎川は眼鏡のブリッジを指で押し上げた。

「センチネルの約三割はゾーンアウトで殉職してる」

驚きで、しばらく言葉が出てこなかった。

中条が口にしていたゾーンアウトはあまりに軽く、吉積はちょっとした体調不良くらいに捉えていた。

「脳死…、それ、本人は」

「もちろんわかってる」

鮎川はいつもの無表情で吉積を見返した。

「わかってないはずがないだろう」

突然知った事実に、まだ理解が追い付かない。ゾーンアウトで殉職、三割が。

ごくっと喉が動いた。

「なんで教えてくれなかったんですか」

「ガイドには心的負担をかけないように、ある程度の時期が来るまで極力伏せることになってる」

「それで、ゾーンアウトするかもしれないって承知で、残像視認とかスキャン捜査とかやらせてるんですか？　嘘だろ」

「だからガイドがいるんだ。中条は基礎能力が高いから、滅多なことではゾーンアウトしたりしない」

滅多なこと？

かっと頭の奥が熱くなった。

「残像視認はどうなんですか」

「相性のいいガイドと組んでいれば、センチネルは安定する」

吉積君のおかげで残像視認ができるようになった――意味がわからない。

なんのためにそんな危険を冒さなきゃならない？

社会貢献のために？

国の保護に感謝して？

驚きがおさまると今度は怒りが湧き上がってくる。

「なんでそんな危ないことさせてるんですか」

鮎川は一呼吸置いて言った。

「本人の自由意志だ」

——それ以外の選択肢があると思うか？　生活全部を管理されて、ほとんど外の社会を知らないのに。

本当は鮎川も疑問を持っている。

「俺がガイドを辞めるって言ったらどうなりますか」

なにか考えをまとめる前に、勝手に言葉が出た。あの人を危険にさらす後押しをしたくない。

鮎川が初めて顔色を変えた。

「中条を見捨てるのか？」

「逆ですよ」

——誰かの役に立てるって嬉しくない？

「俺が辞めたら、中条さんは残像視認みたいな負担の大きなことできなくなる」

鮎川は虚を衝かれたように目を見開いた。

「吉積」

「失礼します」

脳死、ゾーンアウトで殉職、約三割が。同じ文言が頭の中で周り続けている。

「安直に結論出すなよ」

返事もせずにそのままコーディネーター室を出たが、鮎川は引き留めなかった。

「吉積君」

いつの間にか中条が地下から戻ってきていて、同僚の内田一花や彼女のガイドと楽しげに雑談をしていた。吉積が出て来たのに気づいて近寄ってくる。

「中条さん、ちょっといいですか？」

なにも整理できないまま、吉積は中条の腕をつかんでフロアから連れ出した。

どうしたの？　なにかあったの？　と中条が戸惑っている。無言のまま廊下を突っ切り、目についた資料室のドアを開けた。

「鮎川さんに、言ってなかったんですね」

人の来ない古い資料室に入ると、吉積はなにからどう切り出そうかと迷った。一番訊きただしたいのはゾーンアウトのことだ。でもまだ動揺が収まりきらず、結局次に気になっていたことを訊ねた。

中条はなんのことかわからないという顔できょとんとしてから、すぐ「ああ」と珍しく気恥ずかしそうに顎を引いた。

「中条さんはなんでも鮎川さんに報告するから、てっきり言ってるもんだと思ってました」

「そうなんだけど」

中条は口のあたりを指でこすった。

「なんか、恥ずかしいから言ってなかった」

いつの間にそんな情緒が生まれていたのかと少し驚いた。

「今鮎川さんに呼ばれて、とっくに知ってるもんだと思って俺がばらしました。すみません」

「いや、おれはぜんぜん——それより、鮎川さんとなに話したの？」

異動について本当にまだなにも知らないようだ。

「中条さんの残像視認の状況を訊かれました」

「そっか」

中条が口元をほころばせた。

「一花さんと話してたんだけど、一花さんもコツ掴んだらそこからは訓練したらしただけできるようになったんだって。おれも残像キャッチしてそこから辿っていくのはもう普通にできる」

「でもそれ、負担大きいですよね？」

「うん。吉積君もガイディング大変だよね」

「俺はただガイディングしてるだけですから。失敗したってゾーンアウトするわけじゃない」

また強い感情がこみあげてきて、吉積はぐっと拳を握った。

「なんで教えてくれなかったんですか？　中条さんのお母さん、ゾーンアウトで亡くなったんですよね？　もし、自分が――そんな、そんなことになったら、どうするんですか」

ゾーンアウト、と口にすると感情が抑えられなくなった。

「俺はぜんぜん知らなかった。自分もそうなるかもって怖くないんですか？」

きつい物言いに目を丸くしていたが、中条は目を伏せて「怖いよ」と短く答えた。

「怖いけど、それで役に立てるんならおれは嬉しい。母さんもたくさんの現場で捜査補助して貢献した。おれもそうなりたい」

「残像視認は止めましょう」

中条の手を取って、吉積は乱暴に自分のほうに引き寄せた。沸騰《ふっとう》しているこの感情がいったい何なのか、自分でもわからない。

「なんで」

「ゾーンアウトしたらどうするんですか」

ガイディングしていても、残像視認のときは彼が一段深いところに意識を埋没させていくのがわかる。あの先にゾーンアウトがあるのならもうしたくない。

中条が目を見開いた。

「俺のガイディングを信頼してくれるのはありがたいです。でも俺もまだ自分の能力がどの程度なのかわかってないし、万が一ガイディングしきれなかったら」

ごくりと喉が動いて、言葉が出なくなった。

完全にゾーンアウトしてしまったら戻れない。

大脳が機能停止して、その後徐々に網様体賦活系が活動しなくなり、やがて脳死に至る……聞いたばかりの鮎川の説明を思い返して改めてぞっとした。

「心配してくれてるの？」

「あたりまえでしょう」

「でもおれはやりたい」

「なんでですか」

かっと頭に血が上り、顔を上げた中条とまともに目が合った。

「せっかくセンチネルに生まれてきたのに、自分の能力ぜんぶ使えないなら、なんであんな苦しい思いしてきたの？　誰かの役に立ちたいって思うの間違ってる？　じゃあおれはなんのために生きてるの？」

薄暗い資料室で、中条の瞳だけが光っている。

「教えてよ」

そんなものは知らない。そんなことはわからない。

突然激しい焦燥にかられ、吉積は中条を抱きしめた。

「俺は嫌だ」

両腕で抱き込み、小さな頭を抱え込むと、中条が固まった。

「俺はぜったいに嫌だ」

中条の腕がためらうように背中に回ってきた。柔らかな髪が首元に触れる。細い身体が腕に馴染んで、痺れるような感覚に襲われた。セックスとは関係なく、こんなふうに抱きしめ合うのは初めてだ。

「中条さん」

離したくない。この人を離したくない。

激情に突き動かされ、渾身の力を込めて抱きしめた。

「俺もう中条さんのガイドはしない」

「なんで?」

大人しく腕におさまっていた中条が、弾かれたように顔を上げた。

「身勝手だろうがなんだろうが、俺は自分が嫌なことはしない。好きな人の願いでも俺が嫌だからやらない」

「でも」

「やらない」

訴えかけた中条を遮り、吉積はもう一度強く抱き込んだ。

「人の役に立ちたいってなんだよ。国のためにってなんだよ。俺は目の前の好きな人が一番大事だよ。他のことなんか知るかよ」

中条の髪がもつれて襟にかかっている。

寒くなっても中条は襟元を開けている。ビーチサンダルを履く。

「俺は中条さんが寒いのに裸足でいるのが嫌だし、夢を見て泣いてるのも嫌だし、ゾーンアウトするのも嫌だ」

中条が吉積の腕をぎゅっとつかんだ。

「本当は中条さんだって寒いでしょう」

感覚異常のひどかった幼少期からの習慣で、触覚コントロールができるようになった今でも中条は年中裸足だ。

「俺は中条さんが寒そうにしてるのがずっと嫌だった」

本人はソックスを履くより真冬のビーチサンダルのほうがいいのだとわかっている。やめてくれというのは自分の都合だ。わがままだ。でもどうしても嫌だ。

「中条さん」

抱きしめていた身体を離し、吉積は少しかがんだ。廊下側の窓から入ってくる灯で、ぼんやりと小さな白い顔が見える。今確信したばかりの気持ちがじわじわと胸を浸している。

「――――好きだ」

中条が目を瞠《みは》った。

「すき？」

口にして、やっと自分の気持ちが掴めた。

この人が好きだ。

今までこんなふうに誰かを好きになったことがなくて、だからわかっていなかった。中条はうろうろと視線をさまよわせて混乱している。

「俺、センチネルのことなにも知らなかった。あなたのことをなにも知らない。だからこれからわかりたい。努力するよ」

今はなにも理解できていないから、自分勝手なことしか考えられない。でもそのうちきっとわかるようになる。なりたい。

中条はまだ放心したように見つめている。

「ちゃんとわかるまで、俺はもうあなたのガイドはやらない」

中条がなにか言いかけたときに吉積のスーツのポケットでスマホが震えた。無視しようとしたが、同時に中条のスマホもコールを鳴らした。志摩からだ、と直感した。

〈田頭町団地内で出火の通報があった。俺は非番だけどこれから応援で行く。消防が出動してる〉

慌ててエリア情報にアクセスすると、中条も隣で緊急通報を検索し始めた。

「田頭町団地内公民館から出火、六時五十二分入電、五十八分火災指令、第一出動」

規模は大きくなさそうだし、正式な応援要請も出ていない。今のところは。

「行かないと」

夢から醒めたように中条が呟いた。

先に資料室を出ていくのを追いかけ、吉積も外に出た。

10

夜空に煤のようなものが舞っている。サイレンの音はなく、ただ道が渋滞していた。

蓮が吉積と到着したとき、もう火は鎮火していた。公民館の前にポンプ車が停まっていて、団地の住民や近所の野次馬がそろそろ引き上げ始めていた。

「吉積。中条さんも」

車から下りると私服の志摩が小走りで近寄ってきた。

「連絡ありがとうございました」

「いや。俺もさっき来たとこだ。怪我人とかは出てないし、今残火処理やってる」

蓮は二人の会話を聞きながらポンプ車の間から公民館を眺めた。

「ちらっと聞いたけど、今回は放火疑いで動きそうだ」

とうとうか、と吉積と志摩が話している。

車の中で消防無線を拾いながら、ずっと蓮は頭の半分で吉積の言ったことを反芻していた。

――もうガイドはしない。

――ゾーンアウトしたらどうするんですか。

ひとつひとつの意味はわかる。

でもどうしてそうなるのかがわからない。

役に立たないセンチネルには価値がないのに、せっかくガイドを見つけたのに、残像視認ができそうなのに、どうして。

――好きだから、もうしない。

わからない。

習慣的に少し離れたところで現場周辺を見回して、視認場所の目星をつけた。公民館は窓が割れ、入り口付近の損傷が激しい。燃えたアコーディオンカーテンが煤まみれになってぶら下がっているのが見えた。放水で濡れた立ち入り禁止のロープが地面に落ちている。現場の中心点を見極め、そこから百メートル四方をスキャンする。公民館は木造なので透過は容易だ。

「火災調査は消防から調査官が来て、明日以降になるらしい」

「またなにかわかったら教えてください。…中条さん」

話をしながら志摩と吉積が近寄ってきた。

「ちょっと待って」

焦点を合わせて集中すると、視界がふっと白くなり、情報が一斉に視神経に入った。

「玄関脇の、バケツだ」

「えっ？」

情報が脳の視覚野に侵入し、夥《おびただ》しい数の反応を起こす。スキャンするのにたいした労力はかからない。頭の中でなにが起こっているのか自分でもわからないが、ただ視える。

「玄関脇のポスト。差し込み口がある。そこから火種を投げ入れたんじゃないかな。内部にあったバケツに可燃物が入ってて引火したのかも」

調査員が検分すればすぐわかるし、すでに消防も確認済だろうなと思いながら、習慣的に視えたものを淡々と言語にした。

「他になにかわかりますか？」

「志摩さん」

吉積が遮った。

しなくていい、と目で制してくる。

蓮は妙にぼんやりしたまま吉積の顔を見返した。

近くの街灯が奇妙に明るく吉積の周囲を照らしている。

高校のときから波長が合いそうだと気がついて、でもそれ以上に、ただ大きな口で上を向いて笑う吉積をいいなと思って遠くから見ていた。

制服のポケットに手を突っ込んで、吉積はたいてい友達と一緒に大股で歩いていた。

再会して、嬉しくて、ガイドになってもらえて、セックスもした。

絆を結べた。ガイドを心の底から信頼できると深くゾーンに入れる。無意識にガードしていた枷を外し、持っている能力全部を出しきれる。

「吉積君」

でももう彼はガイドはしないと言った。

好きだからもうしない。

ゾーンアウトするかもしれないからもうしない。

そう言った。

やっと自分だけのガイドを手に入れたと思ったのに、また一人になってしまう。

「中条さん」

蓮は公民館のほうに視線をやった。

ずっと幼いころ、辛い神経鋭敏を耐える中で救いになったのは「センチネルの能力は人の助けになる」「辛いのには意味がある」という励ましだった。

センチネルは人の役に立つ。

社会貢献できる。

希望がないとあまりに辛くて、だからみんなその言葉に縋っていた。

役に立ちたい。

存在価値を感じたい。

「吉積君」

思考がばらばらになり、過去の記憶が押し寄せる。

彼が自分のガイドになってくれると知って嬉しくて、この団地まで会いに行った。

ガイドになってくれたのは短い間だったけど、ずっとずっと楽しかった。部活の差し入れ、試合の応援、ファミレス、カラオケ、普通の人と同じようなことがいっぱいできた。

気づくと蓮は足を動かしていた。歩いている感覚はなくなっていて、ただ公民館の入り口がどんどん近づいてくる。うしろから声がした。

吉積がなにか言っている。

腕をつかまれた。

揺すぶられている。

でも感覚が鈍くなっていて、気づくと聴覚も消失していた。なにも聞こえない。さっきまで漂っていた焦げ臭いにおいもしない。ただ視神経だけが猛烈に反応している。視界がぐるっと大きく動いた。

吉積がガイディングしようとしている。

あ。と声を出したのに聞こえない。勝手に視覚路が開いていく。こんなことは初めてだ。

驚きながら、蓮は抵抗しなかった。

もうこれが最後かもしれない。それならせめて。

網膜と視神経に電気信号が走って激しくゾーンに入った。

目の前を猛烈な勢いで残像が流れていく。蓮は遡っていくフィルムを全力で視認した。

一秒、二秒、三秒、百秒、千秒、万秒。

公民館。煤。火。その前。もっと前。人がいる。

自転車。行き過ぎて、戻って、背中。足。

顔。見えた。知ってる。

知っている顔が視野に入り、流れていった。口が歪んで、泣いている。

口の動き。この口の動きは知ってる。

もういやだ。もういやだ、という動き。

「よしづみくん」

声がちゃんと出ているだろうか。

伝えないと。

この人が助けて欲しがっているから、伝えないと。

辛そうな顔。この人の、こんな顔は初めて見た。

「わくい、くん」

止めてほしがってる。止めてほしがってるから伝えないと。

声の出し方。どうだったっけ。声。

「わくい、くん、の、おとうと」

伝わっただろうか。声が出てただろうか。

残像に押し流される。空間が歪んで息ができない。刺激の渦。引きずり込まれる。怖い。

怖い。こわい。

よしづみくん、ともう一回呼んだ。

よしづみくん。

最後に、おれは役に立った？


よしづみくん。

11

細い計器の音が断続的に響く。

いつの間にかすっかり慣れて、最近では家に帰ると静か過ぎてかえって落ち着かないくらいだ。

簡易ベッドの上で目を覚まして、吉積は一度大きく伸びをした。白いパーテーションの隙間から窓の外が見える。明け方に一度起きたとき、今日は天気がよさそうだとカーテンを開けておいたからだ。

三百七十二日目の朝、吉積は付き添い用のベッドから身を起こした。

「おはよう、中条さん」

隣のベッドの上の中条をのぞいて声をかける。

生命維持のための管にとりまかれて眠っている中条は、すっかり痩せてしまった。髪は艶を失い、唇は荒れて、ただ長い睫毛だけが変わらず頬に影を作っている。

彼のガイドをしていた期間より、眠っている顔を眺めているだけの時間のほうが長くなってしまった。

備え付けの洗面台でざぶざぶ顔を洗っていると、看護師と介助スタッフが「おはようございます」と入ってきた。

「中条さん、変わりないですか？」

「ないです。よく眠ってます」

看護師もスタッフも中条が運び込まれたときからのベテランだ。

「本当にぐっすり寝ちゃって」

「そろそろ起きたっていいのにね」

いつもの軽口で笑い合い、二人はてきぱきとルーチンタスクの準備を始めた。

治験センター内の臨床フロア奥には中条の他にも一人、ゾーンアウトしたセンチネルが眠っている。三十代後半の嗅覚特化センチネルは半年ほど前、組織犯罪摘発の最中にゾーンアウトで運び込まれた。

彼女は確実に小脳機能が低下していて、脳幹にもその兆しがあるようだった。

ゾーンアウトしたあと脳死に至るまでの期間は個人差が大きい。十年以上も眠っていた者もいると聞いたが、ほとんどは血縁者や配偶者が一年前後で延命治療終了のサインをする。

「わたしもね、もしものときは彼にそうしてもらうつもり」

少し前、見舞いに来た内田一花が静かにそう言っていた。

「ゾーンアウトは怖いけどね、もう辛いのはおしまいって誰かに言ってもらえるみたいで安心するのも本当なのよ」

そうなんだろうか。きっとそうなんだろう。

でも中条には血縁者も配偶者もいない。延命治療終了のサインは誰もできない。

センチネルはほぼ全員が延命を希望しないという意志証明書を作成しているが、脳幹と小脳の機能低下が一定の基準に達しない限りは眠り続ける。

あのとき、中条はいきなり深いゾーンに入って残像視認をした。勢いをつけて崖から飛び降りたようなもので、全力で追いかけたが捕まえ損ねた。ただし指一本はかかって、だから中条は視床下部と脳幹の機能が安定している。担当医と鮎川には奇跡だと言われた。

「一瞬ガイディングできて同調したんですが、残像視認しながら本人もなぜこうなったのかわかってませんでした」

ただ、強い思念は感じた。

――おれは役に立った？　吉積君。

自分のせいで中条がゾーンアウトしてしまったのか、と考えるのは止めた。それはきっと傲慢だ。

鮎川の取り計らいで処々片が付くと、吉積は治験センターに一番近いアパートに引っ越しをした。今は鑑識課の後方支援に落ち着いているが、身分としては今も中条のガイドだ。治験センターから出勤して、退勤後アパートで自分の用事を済ませてから中条の病室に戻る。外野はいろいろうるさかったが放っておいた。

「おまえの場合は単純に自分がそうしたいからするってだけなんだよな」

志摩はさすがによくわかっていて、呆れ半分にそんなことを言っていた。中条との関係も察しているようだった。

親友のために警官になった、同僚のために献身している、と端《はた》からは見えるだろうが、吉積の場合は常に自分の都合だ。

　自分がそうしたいからしている。

「それじゃこれで」

「はい、ありがとうございました」

　バイタルチェックと清拭を終えて看護師と介助スタッフがランドリールームに行ってしまうと、吉積はいつものように中条の爪にやすりをかけ、髪を梳いた。そうしながら口笛を吹く。オーバー・ザ・レインボー。

「今日はあとで和久井が見舞いに来るよ。志摩さんの新居祝い一緒にするからその相談も兼ねて」

　和久井とそんな話ができるようになったのはここ最近になってからだ。

「俺がいつまでも落ち込んでてもなにも解決しないしな」

　和久井の弟は、やっと保護観察期間が終わった。

　中学受験のときにストレスから側溝やゴミに火をつけたのが癖になり、高校受験のときに廃工場でまた繰り返した。和久井は薄々弟の様子がおかしいと気づいていたが、問い質すタイミングに迷っているうちにエスカレートしてしまったという。

「ホームレスが出入りしてるってことだけでも伝えとけばよかったって後悔したよ。でも俺の足がだめになって、これで和幸もわかってくれただろうって安心もしてたんだ。結局俺はなにもわかってなかった」

ストレスに弱い弟を支えたくてコーチも引き受けた。自分はもう違う人生で充実している、ということを伝えたかった。が、それが逆にプレッシャーになっていた。

「俺が追い詰めてたのに気づいてなかった。存在そのものがプレッシャーって言われたらどうしようもないよな。本当に俺にできることはなにもないんだって思い知った」

大事な相手になにもしてやれない、すべきではない、ということを受け入れるのは辛い。

内田一花の言うことはきっと正しい。

目を覚ましてほしいと願うのはわがままだ。

その上で吉積は待つと決めていた。

彼が戻ってきても、永遠に去ってしまっても、そのときまではそばにいる。

昼前にやってきた和久井と一緒にセンターの食堂で昼食をとり、そのあと病室でコーヒーを飲んだ。

「どうして肝心なことってなかなか言えないんだろうな。和幸に真正面からおまえまさか火をつけてるんじゃないだろうなってストレートに訊けばよかったし、工場火災のときも、あいつすごい泣いてて、自分を責めてるのわかってたのに、はっきりさせなかったのは俺なんだ」

「おまえはいろいろ考えすぎなんだよ」

吉積は簡単に答えた。

「そうなんだよな」

「で、俺は考えが足りなかった」

和久井が声を出さずに笑った。

もっと早くいろいろなことに気づいていれば、きっと違う今があった。でもしかたがない。それが自分で、それが和久井だ。

間違えては後悔して、それでも前に進むしかない。

激しい刺激の渦に叩きこまれ、気づくと蓮は意識の波に漂っていた。

感覚刺激に削られて、自分が誰なのかわからなくなっていた。ただぼんやりと波に漂う。ときおり光が差したり、音が聞こえたりするが、そのたびにぜんぶの受容器官を閉ざして逃げた。

ゆらゆらと漂い、流されて、そのうちなにもかも消えてしまうだろう。

記憶の断片がなにかの拍子に刺激され、中条蓮、と浮かび上がり、ああ、おれは「中条蓮」だったと思い出した。でもまたすぐに溶けていく。それを何回も繰り返していた。

生まれたときから神経鋭敏に苦しんで、コントロールに疲れ果て、だからもうこの意識は手放してしまいたい。

穏やかに、心地よく、流されて行きたい。

どうせたいして役にも立たない。

それなのに、ふと「中条蓮」が浮かび上がる。

聴覚と嗅覚は閉じるのが難しく、特に心を揺さぶられるのは誰かの口笛だった。

明るい口笛が記憶を引き戻す。

懐かしいメロディは生命力にあふれていて、なぜかいつまでも聴いていたくなった。溌剌とした口笛なのに、ほんの少しだけもの哀しい。

……お別れが言えなかった。

誰に？

どこからともなく浮かんでくる未練に引っ張られて、もう「中条蓮」の意識はほとんど保持できなくなっているのに、口笛が聴こえるたびに浮かび上がる。

どうしても消えてしまえない。

繰り返し繰り返し口笛に呼ばれて浮き上がる。そのたびにほんのわずかに「おれ」の輪郭が濃くなった。

中条蓮。おれ。おれだった意識。センチネル。思い出しそうになって、辛くなってやめた。

辛いのはもういやだ。

寂しいのはもういやだ。

しゃかいこうけんできる、ひとのやくにたてる、だからかんばれ。もうすこしだけがんばれ。

幼い頃、何度も担当職員や医師に励まされて、必死でそれにしがみついた。

ああ、そうか。

おれは「しゃかいこうけん」とか「だれかのやくにたつ」ために頑張ってたんじゃなくて、ああして励ましてくれた人のために頑張ってたんだな。

ぼんやりした「しゃかい」や「だれか」のためには頑張れない。

声の記憶がぼやけて、代わりに口笛が聴こえる。

心地よい明るい口笛。

伸びやかな誰かの声。

中条さんと呼ぶ声。

もっと聴きたい。口笛。違う。口笛じゃない。あの声。

Somewhere over the rainbow way up high
There's a land that I heard of once in a lullaby
子どものころに聴いた母の歌声が記憶の波からとぎれとぎれに聴こえてきた。一日中ヘッドギアで音を遮断していた蓮に、寝入る前だけ歌ってくれた。

お母さん。

――虹の彼方に、子守歌で聴いた夢みたいな場所がある……

母の優しい歌声にくるまれ、明るい口笛に誘われ、消えかけていた「中条蓮」の輪郭がまた形になっていく。

Somewhere over the rainbow skies are blue

And the dreams that you dare to dream really do come true

――虹の彼方に、信じてた夢がぜんぶ叶う場所がある……あなたの夢はいつかきっと本当になる……

優しい歌声に懐かしさでいっぱいになりながら、「蓮」は無意識にもっと違うなにかを探していた。もっと違うなにか…、もっと違う誰か。

また口笛が聴こえてくる。

うたって、と訴えると、自分の求めているものが胸に湧いてくる。

自分自身が求めているもの。

生きる意味。

それが欲しい。

明るい笑い声。音程のおかしな歌。面白かった。楽しかった。記憶の泡が弾ける。

うたって。歌って。もう一回歌って。

ぼんやり形になっていた「おれ」が、強い欲求を持った。

吉積君。歌って。

ふいに、口笛ではない歌声が響いてきた。音程が外れ、そのくせ明るくて耳に心地いいこの歌声。

もっと歌って。

曖昧な希望では引き留められなかったのに、たったそれだけの些細な欲求で自我が戻ってくる。

聴きたい。

声を、歌を、聴きたい。

安定しない音程はよろよろして、へたくそで、おかしくて、笑ってしまう。

もっと聴きたい。もっと。もっと。

彼と生きたい。

「あ」

大きく意識が浮き上がったとき、ふいになにか大きなものが蓮を捉えた。

この感覚には覚えがある。

温かく大きなものにぐっと強くホールドされ、引き戻される。

ガイドだ。
おれのガイド。
ゾーンアウトしそうになるセンチネルをしっかり守り、安全地帯に引き戻してくれる。
もう戻りたくないと思っていた。
辛いのも寂しいのも終わりにしたい。
でも呼んでいる。
中条さん。
中条さん。
おれを呼んでくれている。
圧倒的に強いガイディングに、蓮はぜんぶを放棄してしがみついた。
おれのガイドが探しに来てくれた。
おれを迎えに来てくれた。
吉積君。

最初に気づいたのは指の動きだった。
小さく口笛を吹きながら中条の爪にやすりをかけてやるのが休日の習慣で、右手の中指にやすりをかけているとき、指がわずかに反応した気がした。

でもそれ以上の反応はなく、自分の勘違いだろうと流した。

が、そのあとも何度か同じことがあり、吉積は自分の口笛が聞こえているんじゃないか、それに反応しているんじゃないか、と期待した。

担当医にはただの不随意運動だと言われた。

ゾーンアウトして戻ってきたセンチネルはいない。

「でも俺待ってるからさ、そろそろ起きてくださいよ。ていうか、俺あのとき好きだって言いましたよね？　ちゃんと聞いてくれてました？」

いつまでそうしているつもりなのか、といろんな人に心配された。人生を棒に振るつもりなのかと説教されもした。

普通に結婚して、普通に子どもを持って、休みの日には家族でキャンプに行って。吉積自身、そういう将来を考えていた。それが当たり前だと思っていた。

なにを話しかけても返事してくれない、なにをしても反応してくれない、今となっては美貌も失い、ただ眠り続けている彼の側に寄り添い続けているのはどうしてだろう。

ひとつだけわかっているのは、彼ほど純粋に自分を求めてくれた人はいないということだ。

たったそれだけのことなのに、まるで主人の帰りを待つ犬のように、ひたすらベッドのそばから離れられないでいる。

その日も口笛を吹きながら爪にやすりをかけていて、吉積はふといつもの曲を口ずさんだ。

中条の病室は吉積にとってすでに自宅同様で、夕方いったん帰って風呂と洗濯だけ済ませてまた治験センターに戻っていた。爪にやすりをかけてやるのは、だいたいこのタイミングだ。

口笛は吹けるのに、どうしてか音程が外れる。

「なんでだろうね」

鼻歌でここまで音程が外れるのはすごいよな、とおかしくなって一人で笑った。今は一緒に笑ってくれる人はいない。ただ懐かしさがこみあげる。

Somewhere over the rainbow, way up high
There's a land that I heard of once in a lullaby
「――え…?」

そのとき、眠っている中条の睫毛がかすかに動いた。握っていた彼の指も、痙攣するように小さく動く。

吉積は目を見開いた。錯覚だろうか。

「中条さん――」

名前を呼ぶと、ぴっと覚えのある刺激が手のひらに走った。吉積は息を呑んだ。

静電気のような痺れが手の平から手首へと伝わってくる。

初めてガイディングをしたときの記憶が一気に蘇り、なにか考える前に、吉積は全力でそれを捕まえた。

目に見えない意識の塊をホールドして引き戻す。

久しぶりのガイディングの感覚に息が止まりそうになった。わずかに繋がった感覚が今にも途切れてしまいそうだ。

失敗したら、たぶんもう次はない。

最初は錯覚だろうかと疑うような手ごたえが、徐々にはっきりしてきた。心臓が早鐘のように打っている。

「中条さん」

繋がりが切れたらと思うと怖い。

唇、睫毛、指先、どんな些細な変化も見逃さないようにしながら、全神経を集中させてぐっと強く引いた。

「――」

彼の意識が、ゆったりと起き上がったのを感じた。

「中条さん」

戻ってくる。

握った手に、力が伝わってきた。

どきん、どきん、と心臓が強く打って、声が震えた。

長い睫毛がゆっくり動き、中条が目を開けた。

ずっと願っていたことが叶うときはこんな感じなのか――と吉積は呆然としてただ固まっていた。

まだ感情は動かない。

中条の唇が緩く開いた。目が懸命に吉積を探している。

「いるよ」

やっと声が出た。

「いるよ、中条さん」

視線が合って、みるみる中条の瞳が潤んだ。

「……よ、しづみくん…」

掠れた声が自分の名前を呼んだ。

まだ夢を見ているようで、頭が働かない。

中条が手を伸ばそうとして、計器に繋がった管で阻まれた。まだ呆然としたまま、吉積はその手をそっと握った。ちゃんと握り返してくる。

「よしづみくん…」

中条が瞬きをして、唇が動いた。本当に、自分の意思で動かしている。

「うた…」

掠れた細い声が囁いた。

「なんですか?」

「うた、へた」

必死で聞き取ったが意味がわからなくて、少しして「歌、下手《へた》」だと理解した。

「中条さん…」

言葉が出てこない。

「……なんだよ、人をこんな長いこと待たせといて、それでいきなり歌下手、って……なんだよ……」

笑ったら胸が詰まって、中条の頬に涙がぽたぽた落ちた。中条のまぶたが動いて、口角が上がって、かすかに笑っている。握った彼の手から微弱な痺れが伝わってきた。センチネルの意思だ。

吉積はぎゅっと目をつぶった。

「ほんとに、……」

伝えたいことがたくさんあるのに、すぐには言葉が出てこなかった。

「中条さん？　どうかされましたか？」

廊下から慌ただしい足音が聞こえてきて、看護師が焦ったように顔を出した。

「モニターセンターから計器の数字が動いてるってサインが出てるんですけど」

「目を覚ましました」

自分で言った言葉に、感情が爆発した。

目を覚ました。

この人が戻って来た。

中条の睫毛が動き、口元が綻んだ。笑っている。

「中条さん」

唇はくすみ、肌は乾いて睫毛もまばらになっているのに、自分を映してくれる瞳は以前のままだ。

本当に、戻ってきた。

戻ってきてくれた。

12

母さん

今おれはリハビリをしていて、指を使う訓練をしています。いろいろやってるけど、手書きすると脳の活性化にもいいから日記とか手紙とか書くのもおすすめ、と言われました。

それで母さんに手紙を書きます。

おれは一年くらい前に残像視認でゾーンアウトして、ひと月くらい前に戻ってきました。今まで完全にゾーンアウトして戻ってきたセンチネルはいないから、毎日いろんな先生が来て、いろいろ検査したり検体提供したりで忙しかったです。

神経鋭敏は同じだけど、職場復帰しても前と同じようなセンチネルの活動ができるかどうかはまだわかりません。

ゾーンアウトする前だったら、そんな自分には価値がないって必死になってたと思うけど、今はもしそうならしょうがないなって諦められます。

どうしてかな?

一年以上も眠っていたせいで、最初は起き上がるだけで疲れたし、頭もぼんやりしていてたけど、リハビリがんばって、先週最後の点滴も外れました。ゆっくりだけどもう一人で歩けるようになったから、これからは自宅療養することになりました。すごい回復らしいよ。

おれが戻ってこれたのは、吉積君のおかげです。

吉積君はおれのガイドで、

「中条さん」

一生懸命手紙を書いていたので、声をかけられるまで吉積が病室に入って来たのに気づかなかった。

人の出入りが頻繁なので、日中はドアは開けっ放しにしている。吉積はウィンドブレーカーにデニムの休日ファッションで、軽く息を弾ませていた。

「すみません、駐車場が満車で、第二駐車場に車止めてたら遅くなって…、何書いてるんですか」

「療法士さんに、手書きで字を書くといいよって勧められたから、吉積君なかなか来なくて暇だったし母さんに手紙書いてた」

床頭台《しょうとうだい》をテーブル代わりにして看護師さんにもらったレポート用紙に書いていたのを見せると、吉積は受け取ってしげしげと眺めた。

「前はもう少しマシな字だったんだけどなあ」

指に力が入らなくてどうしてもゆらゆらしてしまう。

「途中ですね」

「うん」

「『吉積君はおれのガイドで、』？」

続きをうながされて、「絆を結んでいます」と口にした。身体の関係があります、と同義の言葉に吉積がちょっと照れくさそうにレポート用紙を返してよこした。戻ってからはキスしかしていないが、それでなんの問題もなかった。彼は自分の恋人だ。

「行きましょう」

今日でとうとう退院だ。

座っていたベッドから立ち上がると、壁の鏡に自分たちが映っているのが目に入った。目を覚ましたときはお互いずいぶん痩せていてびっくりしたが、今の吉積はむしろ以前より溌剌としている。

一般病棟に移ってからは見舞いの制限が大幅に緩和され、逆に付添人は不要になった。

「前は俺が独占できてたのに」

毎日誰かしらが来てくれて、アパートに毎晩帰らなくてはならなくなった吉積は冗談まじりにぼやいていた。

「鮎川さん、泣いてたから見ないふりで戻ってきましたよ」

一番最初に見舞いに来てくれた鮎川は「よかったな」と相変わらずクールだったが、見送りに行った吉積があとからこっそり教えてくれた。

「忘れ物ない？」

「だいじょうぶ」

退院の日が決まってから吉積が少しずつ荷物を片づけてくれていたので、思ったより身軽だ。

午前中に挨拶は済ませていたが、ナースステーションにもう一度顔を出し、顔見知りになったスタッフにもお礼を言って病棟を出た。

少し前までは車椅子だったし、そのあともしばらくは歩行器を使っていたのに、もうゆっくりなら一人でも歩ける。身体がどんどん回復しているのを実感して嬉しかった。

「桜だ」

「満開ですね」

エントランスを一歩出て、思わず立ち止まった。緩いスロープに沿って桜並木が続いている。

「きれいだ」

柔らかな風が吹いて、枝木が揺れた。薄い白い花びらがいっせいに舞い散って青空に溶けていく。

隣に立っていた吉積の手が、蓮の手の甲に触れた。

「――」

微弱な電流のようなものが触れたところから伝わってくる。そこは以前と変わらない。

ただ同様の事例がないので予後は不明だし、復帰時期もまだ決めていなかった。鮎川には焦らずガイドとよく話し合ってから決めろ、と言われている。もちろんそうするつもりだが、検査やリハビリで忙しく、見舞いに来てくれる人も多くて、なかなか二人きりでゆっくり話すこともできていなかった。

でも心は通じ合っている。

蓮は吉積の指を握った。

――もうガイドはしない。

――ゾーンアウトしたらどうするんですか。

暗い資料室で言われたときは、意味がわからずただうろたえた。

――好きだから、もうしない。

言葉通りの意味が、あのときには理解できなかった。いつもいつも頭の半分で、終わらせることを願っていたからだ。

生きる意味が欲しくて必死であがき、センチネルの能力に固執していた。

ガイドはしない、と宣言されて、考えることを止めてしまった。

――好きだから、もうしない。

湧きあがる幸福感に、蓮は息を吸い込んだ。

何度も何度も自分をつなぎ止め、引き戻してくれた。

センチネルの能力がなくてもいい、役に立たなくてもいいと、教えてくれた。

「帰ったら、セックスしようね」

ずっと我慢していたからわくわくしながら言うと、吉積が苦笑した。

「相変わらずですね」

「相変わらずって？」

「情緒がないというか」

「吉積君に言われたくない」

口を尖らせると、今度は声を出さずに笑っている。

「吉積君、なんか大人っぽくなったよね」

どこがどう、と指摘できないが、ふとした拍子に見せる表情に、蓮は何度もどきりとさせられていた。今もそうだ。

「まあ、一年以上経ってますからね」

「一年かぁ…」

そんなに長い間眠っていたのか、と改めて驚いてしまう。

「ごめんね」

「本当ですよ。一年以上もぐうすか寝てて、なんの反応もしてくれないのにずっと側にいたんですからね」

「だって、吉積君はおれのこと好きだもんね？」

蓮は自信をもって吉積を見上げた。

「おれは眠ってたけど、ずっと吉積君の声聞こえてたよ」

「中条さんも俺のこと好きでしょう？」

吉積がやり返すように言って横目で蓮を見た。

「だから戻ってきたんですよね」

返事の代わりにぎゅっと手を繋ぐと、吉積は片手で荷物の詰まったトートバッグを肩にかけた。

「行きましょうか」

風が吹いて、また花びらが舞い散った。

きれいだ。

蓮は桜を見上げ、眩しい陽光に目を細めた。

風、青空、桜の花びら、ぜんぶが鮮やかに見える。生まれて初めて季節のうつろいを感じ、それを美しいと思えた。

吉積が蓮の髪についた花びらをとってくれた。

「ありがとう」

もう一度手を繋いで、舞い散る花びらの中、吉積と二人でゆっくり歩き出した。

途中で渋滞に巻き込まれたり、目についたカフェで休憩したりして、自分の部屋に戻ったのは夕方だった。

体感としては一か月か二か月ほどの留守だが、実際は一年以上空けていたことになる。

なんだか変な感じだ。

「一応掃除はしときましたよ」

吉積が先に荷物を運び込んでくれ、蓮はあとから玄関の中に入った。まだ足がしっかりしていないので、サンダルがうまく脱げない。玄関からベッドの横にキャリーを置いている大きな背中を見ていると、既視感が襲ってきた。

初めて吉積がこの部屋に来たときも、蓮は酔っ払っていて、やはり足もとが怪しかった。

「大丈夫ですか」

「うん、ごめん」

あのときも、吉積はこうして気遣ってくれた。

「なにか飲みます？　こないだ飲み物だけ買って入れといたんですよ」

蓮がベッドに腰を下ろすと、吉積が冷蔵庫を開けた。少し屈んで中を覗いているのまであのときと同じだ。

たったひとつ決定的に違うのは、どきどきしていることだ。

カフェから出て、もうすぐマンションに着く、というころから蓮は緊張していた。そしてそんな自分に戸惑っていた。

「水、常温のほうがいいですよね」

「うん、ありがとう」

シンクのところに出してあったペットボトルと冷蔵庫の中の炭酸水を両手で持って、吉積が近寄ってくる。なんだか目を合わせるのも恥ずかしくて、蓮はそそくさと水のペットボトルを受け取ってキャップをねじった。

彼に触りたいし、触られたい。

セックスしたい。

欲望が高まるにつれて鼓動も早くなる。ときめきと期待、そして緊張。蓮は水を一口飲んだ。どうして緊張するのか、自分でもわからない。

すぐ隣に吉積が座って、スプリングが弾んだ。ますます緊張が高まって、蓮はぎゅっとボトルを握った。

「どうしたんですか」

急に無口になった蓮に、吉積が心配そうに顔をのぞきこんできた。

「疲れました?」

蓮はうつむいて首を振った。心臓がますます激しく打ち始めている。

「中条さん?」

吉積が身体を寄せてきて、緊張がピークになった。唇が触れて、すぐ離れた。蓮はごくりと唾を呑み込んだ。

「あの」

もう一度近づいてくる唇を避けるように、蓮はベッドから腰を浮かせた。

「シャワーしてくる」

さっきまで普通に「セックスしようね」と誘っていたくせに、突然怖気づいている。逃げるように浴室に入り、シャツを脱ごうとして洗面台の鏡が目に入った。初めて自分の姿を目にした気がして、蓮はどきりと背筋を伸ばした。適当にかきあげた前髪の下で、二つの目がこっちを見ている。蓮は鏡に一歩近寄った。顔はあまり変わっていないが、シャツの襟からのぞく鎖骨は深くくぼんでいる。この一ヵ月でだいぶ体重は増えたが、それでも記憶の中の自分とはぜんぜん違う。今まで自分の外見など気にしたこともなかったのに、急に吉積の目にどう映っているのかと考えて、不安になった。

「中条さん?」

手早くシャワーを済ませて身体を拭いていると、吉積がランドリースペースのドアから顔をのぞかせた。

「あ、洗濯もの片づけてくれた？　ありがとう」

蓮は慌ててバスタオルで身体を隠した。

「いえ。それより、どこか調子悪いんじゃないですか？」

心配そうに近寄ってきて、自然に蓮のタオルを取り上げた。

「あ」

「なんです？」

吉積は当たり前のように蓮の髪を拭き始めた。病室でもなにくれと世話をやいてくれていて、見苦しいところなどさんざん見せている。今さら恥ずかしがっても追いつかないのに、蓮は身をすくめた。

「おれ、すごい痩せちゃったよね」

「でもだいぶ戻りましたよ。筋肉もついてきたし」

吉積はタオルを使いながら無遠慮に蓮の裸を眺めた。

「どうしたんですか」

思わず身体をよじって視線から逃げようとした。

「中条さん？」

「ご、ごめん、なんでもない」

吉積に背を向けたが、洗面台の鏡ごしに目が合った。驚いた顔をしていた吉積が、ふとなにかに気づいた。

「もしかして、緊張してます？」

指摘されて、固まってしまった。

誤魔化せるはずもなく、蓮はぎこちなくうなずいた。耳も頬も熱くて、まっすぐ目を見られない。

「俺もですよ」

吉積が苦笑まじりに言った。

「えっ、吉積君も？」

びっくりして振り返ると、気まずそうに小さく笑った。

「緊張っていうか、……久しぶりだからかな。変ですよね」

「うん。なんか、変」

少し気が楽になって。蓮は吉積の方を向いた。

「たぶん、ですけど」

吉積がまたタオルで髪を拭いてくれながら言った。

「絆とかセンチネルとか関係なくなったからじゃないですかね」

「……そうかも」

ただ好きだから触れ合いたい。

生身の自分自身だけで向き合っている。髪を拭き終わって、吉積がタオルを外した。

「おれ痩せちゃったし、…もしかして、その気にならなかったり、しない？」

心配していたことを思い切って訊くと、吉積は「は？」と呆れた顔になり、蓮の手を取って触らせた。

「……」

ゆるいカーゴパンツの前が窮屈になっている。髪を拭いていたタオルを床に落として、吉積が少しかがんで目を合わせてきた。瞳が明るい。

「むしろ無理させないようにってずっと我慢してたんですけど」

「……吉積君」

キスしようと近づいて来た顔を、蓮はまじまじと見つめた。

「…なんですか」

「吉積君て、かっこいいね」

突然気づいて、びっくりした。前から好きな顔だとは思っていたが、今はこれ以上ないくらいに好きだ。

「目も鼻も口も、ぜんぶかっこいい」

吉積は目を見開き、それから気が抜けたように笑った。

「そりゃどうも」

至近距離で見つめ合うと気恥ずかしくなり、それをごまかすようにどちらからともなく唇を合わせ、すぐ離した。

「…へへ」

「なんすか、へへって」

咎めるふりで、吉積も口元を緩めている。

「だって」

緊張がおさまると、今度は猛烈に照れくさくなって困った。首をすくめると、吉積の大きな手が両手で顔を固定させてきて、あ、と思ったらキスされた。

「――」

逃げられないようにしたわりに、軽いキスだけですぐ唇が離れてしまい、物足りなくて、今度は蓮のほうからキスをした。ほんの一瞬触れてから唇を離し、また口づける。顔を見たいし、キスもしたい。

「へへ」

「だから、なんで笑うんですか」

「吉積君も笑ってるじゃんか」

じゃれるように同じことを繰り返し、とうとう大きな身体に抱きすくめられて、蓮は夢中で背中に腕を回した。拮抗していた照れくささとときめきの割合が、ときめきのほうに傾いていく。

吉積の手が感触を確かめるように背中から腰に下りていった。相手は服を着ていて、自分だけ全裸だ。

「なんか、…恥ずかしい」

「中条さんでも恥ずかしがることあるんですか」

そんなことを言われてもっと恥ずかしくなった。手で顔を覆ったら、すぐ外させられた。

「恥ずかしがってるの、新鮮で可愛いけどキスできないんで」

顔を傾けて、今度はしっかり口づけられた。唇を開くと、すかさず熱い舌が入ってくる。

「――……っ、は……」

舌が絡んで、口の中を往復する。

病室でも人目を避けてキスくらいはしていた。そのたびに心臓が速くなり、計測モニターに警告音を鳴らせてふたりで慌てた。

今は誰も見ていないしバイタルチェックもされていない。いくらでもどきどきしていい。息が苦しくなって唇を離し、すぐまた重ねた。

病室で交わしていたのは愛情を確かめ合うキスで、今のはこれからセックスするという合図のキスだ。

「中条さん…」

キスしながら吉積のカーゴの前を開けて手を入れると、吉積の甘い息が耳に触れて、身体の芯が痺れた。

「……ん、う、……は、あ…」

とっくに勃ちあがったものを互いに手で愛撫し合うと興奮がつのった。うずうずする感覚に、蓮は呼吸を乱した。

「――あ」

単純な快感が駆けあがってくる。ぶるっと背中が震えた。手の中の彼がぐんと固くなる。

「吉積、く……」

「…一回、出します?」

「ん、うん、もう、…く、いく」

久しぶりすぎて、あっという間に限界になった。

「あっ、あっ…」

吉積の手の中に射精して、蓮ははあっと息をついた。あまりに簡単に出してしまって、余韻すら残らない。

「もー…、出しちゃった」

ごめん、と眉を下げて謝ると、吉積も息を弾ませながら笑った。

「俺もですよ」

「え？　あ」

手の中と腿が濡れている。

「ほんとだ」

目を見合わせて笑うと、へんな緊張や気後れも消えてしまった。

「もう一回シャワーですね」

吉積がシャツを頭から抜きながら言った。

今度は一緒に身体を流して、ばたばたベッドにもつれ込んだ。

「吉積君」

すっかりリラックスして、蓮は手を差し伸べた。誰にも遠慮なく抱き合える。病室にいるときからこうしたかった。

「ねえ、なにする？　口でしようか」

久しぶりでうまくできるかわからないが、以前はよくしていた。彼の感じるところ、好きな舐めかた、まだちゃんと覚えている。口いっぱいになるのが苦しくて、でも好きだった。

　あのころは二人きりになったらセックスばかりしていた。自分の身体と彼の身体の境目がなくなるみたいな感覚が幸せで、なにも考えずにただ快感に溺れていた。今はもっと幸せだ。

「本当に、相変わらずですね」

　吉積が苦笑して、蓮の湿った髪を指で梳いた。

「あ、情緒なかった？」

「お互いさまですけど」

　吉積が笑った。

「中入れたいな。無理かな？」

「でもジェルとかありましたっけ」

　急には無理だと経験でよく知っている。久しぶりならなおさらだ。多少痛いのも快感のスパイスになるが、あまりきついと挿入する側も痛い。

「ありました」

　吉積がベッドヘッドの引き出しを開けた。まだ封を切っていないのを確認してボトルをあけた。手の平にジェルを垂らして、蓮は大きく足を開いた。以前していたときの記憶と行為が重なって、信頼や安心に包みこまれる。

「吉積君」

名前を呼ぶと柔らかなキスをしてくれるが、下半身では即物的なことをしている。粘膜を広げ、ジェルを垂らし、奥に指を入れる。

そうしながら何度もキスして見つめ合った。

愛されて、慈しまれて、欲しがられている。

「吉積君…」

愛しているし、慈しんでいるし、彼が欲しい。

キスしてほしい、と目で訴えると、口づけられた。柔らかく唇が重なり、濡れた舌が蓮の舌先に触れた。

「――――」

蓮は両手で吉積の首を抱いた。唇と舌でする愛撫は心を蕩かす。何度も何度もキスをして、そうするうちにたまらなくなって蓮は顔を離した。

「ね、もうしよ」

体温でジェルが溶けている。指がゆっくり抜き差しされるたびに湿った音がして、気分が盛り上がった。早く欲しい。

「中条さん」

吉積が心得て、壁に背をもたせかけ、蓮のほうに手を差し伸べた。向かい合って膝立ちになって腰を支えてもらう。

「息止めないで」

「ん……」

自分のペースで挿入できて、快感をコントロールできるこの体位は、さらに彼と密着できて好きだった。

汗ばんだ肌が重なり合って、蓮はゆっくり腰を落とした。

「――あ、あ……うぅ……」

最初の抵抗を乗り越えると、身体のほうが彼を覚えていた。

「は、――あ、……」

満たされる。気持ちがいい。じんわり広がる快感に細い息が洩れる。吉積の喉が動いて、彼も同じ快感を得ているのが伝わってきた。

「入ってる…気持ちいい…」

吉積の唇が頬や耳に押し付けられた。荒い呼吸が甘ったるくて、蓮はそれにも感じた。

「あ、…あ、……っ」

一番奥まで届いた。好きなところを好きなように刺激しようと腰が揺れる。

「んぅ……、あ、――」

こめかみを汗が伝った。一度奥の快感を捉えると、腰を揺するのを止められなくなる。

背中を支えてくれている吉積の手にも力がこもった。

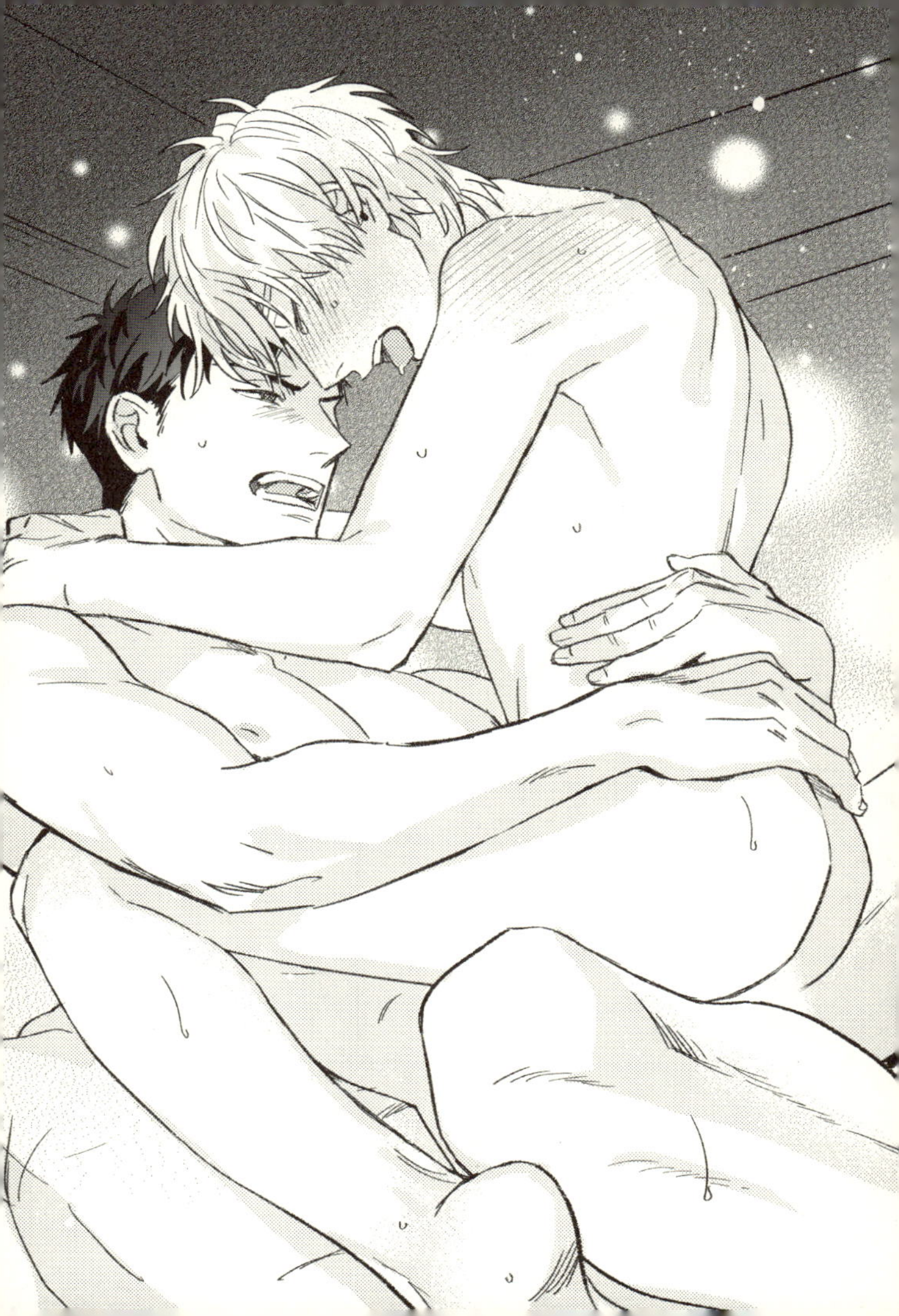

「吉積君、き——気持ちいい？」

「聞かなくても、わかる、でしょ…、」

「ここ、凄い……気持ちいい——」

溢れてくる快感に溺れ、愛されている実感に満たされた。

幸福感に心も身体もとろけてしまう。

「あ、——」

膝から力が抜け、背を支えてくれていた吉積にぐっと引きつけられた。そのままベッドに押し倒される。

「——あっ、…あ、あ……」

両足を抱え上げられて、吉積の肩にすがった。入ったまま体位を変えられ、中が強く擦られる。

「——」

強すぎる感覚に、声が詰まった。

「大丈夫ですか…？」

「ん、うん、…すごい、もう、…あ、あ、あ…」

試すようにさらにゆっくり奥に押し入ってくる。

吉積の手が蓮の手を探してぎゅっと握った。蓮が指を絡めると、我慢しきれなくなったように激しく覆いかぶさってきた。汗の匂いと彼の重みに夢中でしがみついた。

「は、…っ、はあ……」

ゆったりした律動が徐々に激しくなる。

「いい、いい、…っ、あ、あ――」

見下ろしてくる吉積の目にぞくぞくする。

自分で快感を探っていたときとは違う、無理やり味わわされるような感覚にも圧倒された。

「あ、――…」

好きにされている、貪られている、と思う一方で、彼を夢中にさせている感覚もある。

「あっ、あ……もう、……」

中がびくびく痙攣し始めた。絶頂がくる。なにか考える余裕を失って、蓮は全身で恋人に縋った。

「――」

高みに放り出される。

真っ白になって、墜落していくのまで一緒だった。

なにかもが溶けていく。

気が遠くなるような幸福感に包まれて、蓮は恋人の背中を強く抱きしめた。

13

ＩＤを打ち込んで、さらに指紋認証のパッドに手をかざすと、がたん、と音をたててスチールドアが動いた。

「本当に俺も入っていいんですか」

後ろで吉積が神妙な顔をしている。

「うん。おれのパートナーだよって紹介したいから」

「パートナー？」

吉積がふと顔つきを変えた。

「うん。吉積君はガイドの前にパートナー。違うの？」

「いえ」

口元がほころび、吉積は軽く蓮の背中に手をやった。

「行きましょう」

ドアをくぐると、まっすぐ地下道が続く。空気はひんやりしているが、特殊硝子の天井から差し込んでくる太陽光で地下とは思えないほど明るかった。

「へえ…」

吉積が意外そうに周囲を眺めた。

「共同墓地って感じしないでしょ？」

センチネルは身寄りのない者が多い。殉職者が多いこともあって国から支援があり、共同墓地が運営されていた。蓮は両親の遺骨をここに託している。

退院してひと月が過ぎ、先週の検診ですべての数値が正常値で安定していることを確認した。検査結果を聞いたあと、吉積が「ご両親に全快報告したらどうですか？」と提案してくれ、墓参りをすることにした。

地下道の左右の壁面にはローマ字の墓標が規則的に埋め込まれている。入り口で打ち込んだＩＤで連携し、NAKAJYOUの墓標がうっすらと発光していた。

「これがお墓って、言われないとわからないですね」

並んだ横に立った吉積がポケットから数珠《じゅず》を出しながら言った。

「どうせ持って来てないでしょ」

「ありがとう」

吉積に数珠を借りて、蓮は墓標に向かって手を合わせた。ここに来るのはいつぶりだろう。たぶん、正式に特殊部鑑識課に配属されたとき以来だ。

あのときは合うガイドを見つけて自分の能力を使い切りたい、とひたすら願っていた。

今は違う。

蓮は隣に立っている吉積の肩にちょいと頭をのせて寄りかかった。

「なんですか？」

「これが吉積君です、このとおりびくともしません、頑丈ですって父さんと母さんに紹介してた」

「それはどうも」

吉積が小さく笑って蓮の手から数珠を取り、蓮を支えたままで手を合わせた。

「世話の焼ける息子さんですが、お任せください。パートナーなので」

声を出さずに蓮も笑い、姿勢を正した。

「休職期間が終わったらまた来るね」

もう一度手を合わせると、大理石の墓標に触れた。ひんやりとなめらかで、気持ちがいい。

職務復帰するかどうか、蓮はまだ決めていなかった。

体調は戻ったし視認能力も以前の七割程度まで回復している。蓮はもともとの能力が高いので、七割でも復帰するのには充分だ。でも保留にした。

「もし中条さんが復帰するんだったら俺も特殊課戻りますから」

吉積は鮎川に勧められて訓練校の指導教官試験を受けた。特殊課の後方支援から訓練校に籍を移す予定になっている。

五感鋭敏症の研究はまだ過渡期で、情緒面の発達支援が今後の大きな課題だと言われている。

「知ってるでしょうけど、俺は自分のしたいことしかしないんで」

「うん、知ってる」

もし蓮が職務復帰することになったら、吉積もガイドに戻ってくれる。蓮をサポートするのが彼自身の望みだからだ。

蓮は学校に行ってみたいな、と漠然と考えていた。

普通の人の、普通の生活を経験して、それから先のことを決めていきたい。

「おれも自分のしたいこと探さないと」

それがセンチネルとしての活動だと心から思えれば復帰するし、違うなら辞める。

誰かが選んで決めてくれた道を行くのは楽だ。

でも迷いながら、後悔しながら、一歩一歩自分で決めて進んでいく。

昏睡状態の中で、蓮は自分で戻ると決めた。自分で決めることの価値を、あのときに知った。

「あ、雨あがってるね」

地上に上がると、朝から降っていた雨はあがり、初夏の日差しがアスファルトを光らせていた。

濡れた街路樹も、路駐した車のボンネットも、きらきらと輝いている。もうすぐ夏だ。

ぶらぶらと駅に向かっていると、建物と建物の間から、うっすらと虹が見えた。吉積も気づいて足を止め、しばらく二人で虹を眺めた。

輪郭もあいまいな小さな虹に、吉積が口笛を吹いた。

懐かしいメロディに聴き入って、蓮は目を細めた。

虹の向こうの空は青く
きっとあなたの夢は本当になる

END

251　センチネルバース　水底の虹

■あとがき■

こんにちは、安西リカです。

このたびショコラ文庫さんから六冊目の本を出していただけることになりました。前回からすこし間があいてしまったのですが、こうして無事新しいお話をお届けできて本当に嬉しいです。

今回は現代センチネルバースです。

オメガバースが完全にひとつのジャンルになり、Dom/sub ユニバースやケーキバースなど、バースもののバリエーションも増えてきていますが、センチネルバースはあまり認知度が高くない気がするので、手に取っていただくハードルも上がってしまうかもと今ごろヤキモキしています…。

五感が異常発達しているセンチネルと、センチネルを助けることができるガイド、という特殊な関係性以外はごく普通の現代日本のお話なので、ぜひ読んでやってください。

イラストをお引き受けくださった松基羊先生。

わたしがモタモタしたせいで大変ご迷惑をおかけしました。

美しいカバーイラストはもちろん、キャラクターラフもいただいてから毎日うっとり眺めていました。本当にありがとうございます…！

たくさんご助言くださった担当さま、そしてプロットから相談に乗って下さった前担当さまにもお礼申し上げます。

お二人が辛抱強く励まして下さったおかげでなんとか形にすることができました。


そしてなによりここまで読んで下さった読者さま。

飽き性でなにをやっても長続きしなかったわたしが、こんなに長く楽しく書くことを続けていられるのは、ひとえに読んで下さる方のおかげです。

これからもマイペースで書いていきたいと思っていますので、どこかで見かけて気が向かれましたら、またおつき合いくださいませ。

安西リカ

初出
「センチネルバース　水底の虹」書き下ろし

CHOCOLAT
BUNKO

この本を読んでのご意見、ご感想をお寄せ下さい。
作者への手紙もお待ちしております。

ショコラ公式サイト内のWEBアンケートからも
お送りいただけます。
http://www.chocolat-novels.com/wp_book/bunkoenq/

センチネルバース　水底の虹

2025年1月20日　第1刷

著　者:安西リカ
発行者:林 高弘
発行所:株式会社　心交社
〒171-0014　東京都豊島区池袋2-41-6
第一シャンボールビル7階
(編集)03-3980-6337 (営業)03-3959-6169
http://www.chocolat_novels.com/
印刷所:TOPPANクロレ株式会社